तमाशा

रामकुमार भ्रमर

हिन्द पॉकेट बुक्स
पेंगुइन रैंडम हाउस इम्प्रिंट

हिन्द पॉकेट बुक्स

यूएसए | कैनेडा | यूके | आयरलैंड | ऑस्ट्रेलिया
न्यू ज़ीलैंड | भारत | साउथ अफ्रीका | चीन | सिंगापुर

हिन्द पॉकेट बुक्स, पेंगुइन रैंडम हाउस ग्रुप ऑफ़ कम्पनीज़ का हिस्सा है,
जिसका पता global.penguinrandomhouse.com पर मिलेगा

पेंगुइन रैंडम हाउस इंडिया प्रा. लि.,
चौथी मंजिल, कैपिटल टावर -1, एम जी रोड,
गुड़गांव 122 002, हरियाणा, भारत

पेंगुइन
रैंडम हाउस
इंडिया

प्रथम हिन्दी संस्करण हिन्द पॉकेट बुक्स द्वारा 1983 में प्रकाशित
यह हिन्दी संस्करण हिन्द पॉकेट बुक्स में पेंगुइन रैंडम हाउस द्वारा 2022 में प्रकाशित

10 9 8 7 6 5 4 3 2

इस पुस्तक में व्यक्त विचार लेखक के अपने हैं, जिनका यथासंभव तथ्यात्मक
सत्यापन किया गया है, और इस संबंध में प्रकाशक एवं सहयोगी
प्रकाशक किसी भी रूप में उत्तरदायी नहीं हैं।

ISBN 9789353495527

मुद्रकः रेप्रो इंडिया लिमिटेड

www.penguin.co.in

MIX
Paper from
responsible sources
FSC® C047271
FSC www.fsc.org

हिन्द पॉकेट बुक्स

तमाशा

रामकुमार भ्रमर प्रसिद्ध हिन्दी साहित्यकार थे। मूलतः उपन्यासकार के नाते प्रसिद्ध रहे रामकुमार भ्रमर ने साहित्य की हरेक विधा में जमकर कलम चलाई। कहानियाँ, नाटक, व्यंग्य, रिपोर्ताज, यात्रा-विवरण, निबंध, सत्यकथाएँ, संस्मरण, डायरी, जीवनी-अंश, इंटरव्यूज, फिल्म पटकथाएँ, वार्ताएँ, भाषण, बाल-साहित्य, महत्त्वपूर्ण पत्र-व्यवहार, राजनीतिक-वैचारिक दिशादृष्टि आदि विषयों पर उनका विपुल साहित्य आज भी लोकप्रिय है। उनके कई उपन्यासों पर सफल फिल्मों का निर्माण हुआ।

पहला अंक

दृश्य : एक

[स्टेज पर वन्दना गाई जाती है, जैसीकि तमाशा की शुरुआत में गाई जाती है। इसके पश्चात् कृष्ण और पेंद्या आते हैं।]

दृश्य : दो

[स्टेज के बराबर में मेकअप के कमरे-जैसी जगह। अण्णाजी और चिमन मेकअप कर रहे हैं। कपड़े बदल रहे हैं। रत्ना एक खाट पर लेटी हुई है।]

अण्णा : बेटी, तू सो रही है?—तमाशा देख!

रत्ना : मेरे को नींद आ रही है, अण्णा! (आंख बंद कर लेती है।)

चिमन : आज दूसरा शो भी हाउस फुल गया है।

अण्णा : कल भी जाएगा।

चिमन : कल का कुछ पक्का नहीं है।

अण्णा : क्यों?

चिमन : अभी, महीने भर पहले इस खेड़े से गुलाबबाई की पार्टी गई है।

अण्णा : बिससे क्या होता है?

चिमन : सब होता है। गुलाबबाई के पास अब 'नई चीज' है। कहते हैं, बड़ा कड़ाके का डांस मारती है वह छोकरी!

अण्णा : है, तो क्या हुआ?

चिमन : सातारा जिल्हे में वाई ताल्लुका है ना? बिसमें नौ दिवस तक बिस छोकरी ने हाउस फुल लिया था। अभी आठ रोज पहले की खबर है...नौ दिन तक हाउस फुल लेना कोई ठट्टा नहीं है!

[अण्णाजी सोच में पड़ जाता है। जेब से बीड़ी निकालता है, तो चिमन रोक देता है।]

चिमन : इसे रहने दो। मेरे पास मालपानी है।

अण्णा : मालपानी? किदर से मारा?

चिमन : बस—मार दिया?... सरपंच आया है इदर का। क्या नाम है बिसका? अपना सखा है—बहुत पुराना।

अण्णा : कौन?.. बेलापुरकर?

चिमन : हां? मालपानी साथ रखता है हरदम।

[चिमन जेब से एक पुड़िया निकालता है, फिर एक चिलम। बीड़ी का बण्डल दूसरी जेब से निकालकर, दो बीड़ियां तोड़कर गोज में मिलाता है।]

अण्णा : मेरे को तो दिखा नहीं?...किदर बिठाया बिसको?

चिमन : स्टेज के बायें बाजू में—एकदम कोने में बड़ा रंगीला है स्साला! बुड्ढा हो गया, पर...लो!

[चिलम देता है। अण्णाजी चिलम मुंह से लगाता है। चिमन आग जलाता है चिलम में। अण्णा खांसता है, फिर सीना ठोंकता है।]

चिमन : बेलापुरकर बोला गया है—शोक के बाद आके बधाई देगा।

[दोनों चिलम खींचते हैं। अण्णा फिर खांसता है।]

चिमन : सुना है कि गुलाबबाई की छोकरी का बड़ा जलवा है।

अण्णा : तेरे को कैसे मालूम?

चिमन : मैंने सुना है। पूरे खेड़े ने बताया। सब तरफ बिसका हल्ला है। बेलापुरकर ने भी बताया है।

अण्णा : बेलापुरकर ने?...ऐसा कैसे हो सकता है? बेलापुरकर अपने बिगैर किसी दूसरी पार्टी का तमाशा देखता ही नहीं।

[चिमन जोर से हंसता है। उसे सुनकर रत्ना उठ बैठती है।]

अण्णा : ऐसे क्यों हंसता है? **(रत्ना से)** सो जा, बेटी! सो जा।

[रत्ना सोती नहीं। उठकर बाहर चली जाती है।]

अण्णा : **(जोर से)** रत्ना-अ-अ्...?

चिमन : धीरे बोलने को। उधर शो चल रहा है और कावेरीबाई स्टेज पर है।

अण्णा : अच्छा।

चिमन : मैं हंसता हूं तुम्हारे पागलपन पर।

अण्णा : क्यों?

चिमन : क्यों क्या? बेलापुरकर हमारा गुलाम है या हम बिसके?,

[अण्णा चुप रहता है। चिमन बत आगे बढ़ाता है।]

चिमन : अण्णा, बेलापुरकर रहीस आदमी है। बिसकी अंटी में पैसा है। बाजार में घूमता है। जो दुकान बिसकूं जमेगी, बिधर जाएंगा। बिसके पैर तो कोई बांध नहीं सकता? गुलाबबाई की पार्टी जोर पकड़ रही है। बिसके पास एक छोकरा भी है। यहां सिरफ कावेरीबाई...और बिसकी उमर को मेकअप से कब तक छिपवाओगे? अण्णा, हम तो कावेरी से कुछ बोल नहीं सकते, पन् तुम बिसके घरवाले हो, इसीलिए तुम्हारे से कहते हैं...

अण्णा : आज ही कावेरी से बात करना पड़ेंगा। चल, अपना पारट आ गया।

दृश्य : तीन

[कावेरीबाई स्टेज पर नाच रही है। चिमन प्रवेश करता है।]

चिमन : मैं तेरी खातिर अमरीका से आया हूं—अ्! मेरी जान, ऐसे काहे कूं तरसाती है मेरे को!

चिमन : आजा-आंज्जा!...

[कावेरी पहले उसकी तरफ जीभ चिढ़ाती है, फिर अंगूठा दिखाती है।]

चिमन : **(दर्शकों से)** ठेंगा बता रही है? **(बैठकर माता है।)** आजा हो आजा, आजा मेरी बरबाद मोहब्बत के सहारे...है-य् कौन जो बिगड़ी हुई तकदीर सुधारे!

[अण्णाजी एण्ट्री लेता है। अजीब-अजीब-सी हरकतें करते हुए आगे आकर चिमन को सहारा देता है। फिर खद गिर पड़ता है। अण्णा फिर तनकर खड़ा हो जाता है।]

चिमन : तू कोण है?

अण्णा : तू कोण है?

चिमन : मैं—चिमनराव। समजा क्या!...चिमनराव!

अण्णा : मैं अण्णाजी। अण्णाजी महादेवराव कोल्हापूर वाला।

चिमन : अच्छा-अच्छा, तू अण्णाजी है? **(कावेरी की ओर इशारा करके)** इसका घरवाला? हसबैंड है?

अण्णा : हां—हसबैंड! घरवाला। ये मेरी जोरू है।

चिमन : ठीक है। महादेवराव शोलापुरवाला। वेरी ग्लेंड टु सी-यू!

अण्णा : गलती बोलता है। मैं—अण्णाजी महादेवराव कोल्हापुरवाला।

चिमन : अच्छा-अच्छा, ठीक है। तुम बालाजीराव कोल्हाराव अण्णापूरवाला!

अण्णा : नहीं नहीं, मैं हूं अण्णा...

चिमन : अच्छा-अच्छा, ठीक है। समज गया।

अण्णा : टीक है। समज गया।

चिमन : तुम किधर जा रहा है?

अण्णा : मैं घर जा रहा हूं। **(कावेरी की ओर इशारा करके)** देखते हो, बिस घर में मेरा जोरू है। मैं जाते बखत बिसको कमरे में बन्द कर गया था। तूने देखा क्या, दरवाजे पे ताला पड़ा है?

चिमन : हां, ठीक है। पड़ा हुआ है। पन् तू अपनी जोरू को ताले में क्यों बन्द करता है?

अण्णा : तू मूरख है। समझता नहीं। वह हसीन है ना। हो सकता है, मेरे जाने का पाछू किसी नौजवान से इदर बिसका मछली-कांटा हो जाए...! समजा क्या? इसी खातिर खबरदारी बरतताय।

चिमन : समज गया। पन मेरे को बिसवास नहीं होता कि तुझ-जैसे फड़तूस आदमी का वाइफ हसीन हो सकता है।

अण्णा : तेरे को बिसवास नहीं है?

चिमन : नहीं है।

अण्णा : ठीक है। मेरे साथ चल, मैं तेरे को अपनी जोरू दिखाऊंगा। पाछू तू बिसवास करेंगा।

चिमन : चलूं!

[दोनों चलते हैं। कावेरी से थोड़ी दूर खड़े हो जाते हैं।]

अण्णा : कावेरी-ई-ई...? सुनती हाय! बाहर आने का!

कावेरी : हां-अ्। सुनती हूं। पन कैसे आने का? ताला खोलने का पइले।

अण्णा : हां, ताला...। **(फिर अपनी जेब देखता है, जो फटी है।)**

चिमन : क्या हुआ?

अण्णा : लगता है, ताली कहीं गिर गई!

चिमन : कोई कीली-वीली भी नहीं है क्या?

अण्णा : हां, लगता है—वह भी खो गई!

चिमन : क्याअ्...? तेरी कीली खो गई?

अण्णा : हां-अ्!

चिमन : तो फिर अपनी औरत का...

अण्णा : हां, कैसे खोलूंगा?

चिमन : फिकिर मत कर, मैं अपनी कीली से...

दृश्य : चार

[श्यामाबाई कुछ भजन कर रही है। रत्ना वहां आती है। श्यामाबाई को आंखों से कम दिखाई पड़ता है। श्यामाबाई चौंकती है।]

श्यामाबाई : कौन है?

रत्ना : रत्ना।

श्यामाबाई : तू सोई नहीं अब तक?

[रत्ना उसके करीब आकर बैठ जाती है।]

रत्ना : इधर-बिधर घूम रही थी। मैं यहां सो जाऊं? आई के आने से पहले ही उठ जाऊंगी?

श्यामाबाई : तू अपनी जगह क्यों नहीं सोती?

रत्ना : उदर सूना है। सो जाऊं...?

श्यामाबाई : नहीं-नहीं, कावेरी डांटेगी कि मैंने क्यों सोने दिया। अबी खेल खतम होने वाला है। माला आ जाएगी गाकर। तेरे को उदर ही सोना है।

[रत्ना चुप है।]

श्यामाबाई : क्या कर रही है रत्ना?

रत्ना : अपनी जगह जा रही हूं।

[रत्ना कुछ सोचकर कावेरी के पलंग के नीचे घुस जाती है।]

श्यामा : रत्ना!... रत्ना ...?

[रत्ना पलंग के नीचे से गुपचुप हंसती है। श्यामाबाई जाकर पलंग को छूकर देखती है। टटोलती है। इधर-उधर देखती है। कावेरी आती है।]

कावेरी : क्या हुआ?

श्यामा : रत्ना आई थी—जाने किदर चली गई?

कावेरी : चली गई होगी बिस तरफ।

[पलंग के नीचे रत्ना परेशान है। अण्णा आता है।]

अण्णा : बेलापुरकर आया है। सुना है, गुलाबबाई न बिस पर दांव लगा दिया है। और बेलापुरकर पर दांव का मतलब है कि पूरे ताल्लुके का हाथ से निकल जाना। आसपास के दस-बीस गांव-खेड़े भी।

कावेरी : **(रुखे स्वर में)** मेरे को मालूम है। बात करूंगी बिससे, क्योंकि बिसके इशारे पर ही संच को पूरे ताल्लुके में जगह मिलती है और छीनी भी जा सकती है।

[अण्णाजी एक बक्से में से दो गिलास और बोतल निकालकर उसी बक्से के ऊपर रख देता है।]

अण्णाजी : मैं बिरज को ढूंढ़ लाऊं? नमकीन लेने भेजा था।

[अण्णा बाहर जाता है। कावेरी अपना पसीना वगैरा पोंछती है पलंग पर लेट जाती है। अण्णा और बेलापुरकर आते हैं। शंकरराव बेलापुरकर सीधा कावेरी के पलंग के पास तक चला जाता है।]

बेलापुरकर : कैसी है कावेरीबाई!

[कावेरी उठती है। पल्लू ठीक करती है।]

कावेरी : ठीक हूं शंकरराव! तुम कैसा है?

[शंकरराव बक्स पर पड़ी बोतल को देखने लगता है।]

शंकरराव : कौन-सी र—थ्री एक्स?

कावेरी : हां-अ्! लगा लो। मिलिटरीवाली है, इसलिए ऊपर से खुरच दिया।

शंकरराव : बिरज को भेजा है। अच्छीवाली लाएंगा—इससे ऊंची। आज मेरी तरफ से वह...तुम भी क्या याद करोगी!

अण्णा : याद तो हम तुम्हारे को हमेशा ही करते हैं।

[चुप्पी।

शंकरराव वह बोतल अण्णा को देता है।]

शंकरराव : आज तुम इसे खाली करो, अण्णा!

अण्णा : **(झेंपकर)** मैं बिरज को देखता हूं। **(जाता है।)**

[शंकरराव कावेरी को देखकर मुसकराता है। जवाब में कावेरी भी।]

शंकरराव : बिरज नहीं आया अबी तक? न जाने स्साला किदर मर गया?

कावेरी : आता ही होएंगा। इदर बैठो।

[शंकरराव बैठता है।]

कावेरी : ठीक से बैठने का ना। वैसे हमने तो तुम्हारे को दिल में बिठा रखा है।

शंकरराव : हां हां, वह तो ठीक है।

[इतने में बिरज नमकीन का पुड़ा और बोतल लिए हुए आता है।]

शंकरराव : अबे, किदर रह गया था?

बिरज : देर हो गई

शंकरराव : अच्छा-अच्छा। बोतल इधर दो।

[बिरज बोतल देता है। फिर नमकीन.। कुछ पैसे निकालकर शंकरराव को दिखाता है और उसके 'हां' करने से पूर्व ही अपनी जेब में वापस डाल लेता है। जाने लगता है।]

शंकरराव : और सोडा?

[बिरज रुककर घूमता है। गलती हो गई के भाव से।]

कावेरी : सौडा है। तू जा!

[बिरज जाता है बिरज के जाते ही कावेरी एक बक्से में से सोडे की दो बोतलें निकालती है। बोतल खोलने शंकरराव को दे देती है। शंकरराव बोतल खोलता है। एक गिलास में पैग बनाता है। जैसे ही दूसरे गिलास में सोडा डालने लगता है...]

कावेरी : न-न! मेरे को सोडा नहीं चाहिए।

शंकरराव : खाली? नीट?

[इतनी देर में कावेरी गिलास उठाकर खाली कर देती है।]

शंकरराव : (हैरत से) कमाल है!

कावेरी : कमाल हमारा नहीं, तुम्हारा है। इस उमर में भी ऐसे घूरता है, जैसे खा जाएगा? मैंने स्टेज से तुम्हारे को देखा था।

[शंकरराव हंसता है। उसके गिलास में और शराब भरी जाती है। पीते हैं।]

शंकर : खूब फोर्स है तेरे नाचने में! बिलकुल ओ-ई फोर्स ओ-ई तेजी, मान गया तुम्हारे को। अभी कुछ दिन हुए, गुलाब बाई का संच देखा। स्साले न.जाने किदर से एक बिजली ले आई है। फ्-र्-र् से स्टेज पर उसे छोड़ती है और ओ करंट मारने लगती है। चीज है... सोलह कलाएं हैं बिसमें। दारू है बिलकुल!

[शंकरराव एकदम चुप हो जाता है। कावेरी कुछ व्यंग्य के भाव से उसे देख रही है... चुपचाप घूंट लेते रहते हैं।]

कावेरी : अब क्या सोच रहा है?

[शंकरराव उसे घूरता रहता है...घूरता रहता है... मुसकराता है...]

शंकरराव : कावेरी...!

[शंकरराव उसपर झपटता है। बोतल पैर से टकरा कर गिरती है। रत्ना हड़बड़ाकर पलंग के नीचे से निकलती है। बाहर भागने लगती है। दोनों चौंक जाते हैं।]

कावेरी : रत्ना...? तू इदर क्या कर रही है?

[रत्ना तेजी से बाहर भाग जाती है।]

दृश्य : पांच

[रत्ना भागती हुई आकर माला की बगल में जा लेटती है।]

ताला : (कुनमुनाकर) कौन है...? रत्ना!

रत्ना : हूं...

माला : अच्छा। सो जा।

रत्ना : **(कुछ देर बाद)** काए-को पी लेते हैं इतनी अक्का?

माला : क्या पी लेते हैं?

रत्ना : दारू।

माला : फिर?

रत्ना : आई भी पीती है। बिसके साथ शंकरराव भी पीता है। वो आई को पकड़नेवाला ही था कि बोतल गिर गई। और मैं पलंग के नीचे निकल भागी...

माला : फिर?

रत्ना : फिर क्या? मैं वहां से भागी तो बिसने मेरे को देख लिया।

माला : किसने?

रत्ना : आई ने और किसने?

माला : फिर?

रत्ना : फिर मैं भाग आई...इस तरफ!

माला : वो कुछ नहीं बोला?

रत्ना : कौन?

माला : वो-ई! शंकरराव?

रत्ना : वो क्या बोलता?

[चुप्पी।]

रत्ना : दारू पीना खराब होता है न अक्का?

माला : खराब क्या है—सब ठीक है पन सिरफ बिसके लिए जो दारू पीता है। जो नहीं पीता, बिसके लिए अच्छा-बुरा कुच्छ भी नहीं होता!

[रत्ना कुछ नहीं समझ पाती।]

रत्ना : क्या कह रही है तू?

माला : चल, अब तू सो जा!

[दोनों लेटती हैं।]

रत्ना : मुझे तो आई की सारी अदाएं, नाच, आंख मारना सब बेकार लगते हैं। ये भीड़ भी जो हाय-हाय करती है—सीटी मारती है—बेकार है। मजा है बस चिमन और अण्णा के पारट में।

माला : तू ये सब नहीं समझेगी—सो जा।

दृश्य : छः

[शंकरराव जाता है। कावेरी शिथिल चाल में उसे विदाई देती हैं—शंकरराव के जाते ही नशे में लगभग झूमते हुए अण्णा प्रवेश करता है।

कावेरी नशे में हलकी-सी झूम के साथ वापस चारपाई पर जाना चाहती है... सहसा अण्णा उसे टोकता है।]

अण्णा : ऐय्! ... (**वह अंगुली से संकेत करता है**) खड़ी हो!

[कावेरी घृणा से देखती है, अवहेलना कर देती है।]

कावेरी : बहुत पी है तो सोता क्यों नहीं? आराम कर... मैं भी बहुत थक गई हैं।

अण्णा : ऐय! ... उट्ठ! ... सुनती है या नहीं!

[एकाएक बैठ जाती है कावेरी—आवेश में।]

कावेरी : ज्यादा चढ़ गई तुझे?

अण्णा : मुझे नहीं, तेरे को चढ़ गई.... (हिचकी लेता है) दारू नहीं—तेरे को बूढ़ी जवानी चढ़ गई स्साली! (**तेजी से झपटकर कावेरी की बांह पकड़ लेता है।**)

कावेरी : (**ज्यादा बिगड़ती है**) बहुत जोर भर गया है तुझमें? क्या बात है?

अण्णा : बात करना है तुझसे।

कावेरी : फिर किसी बखत करूंगी बात, अभी तो नींद...

अण्णा : अरे, तेरी नींद की तो ऐसी-तैसी!... (**एक झटके से अण्णा उसे बांह से खींचकर फर्श पर गिरा देता है।**) अब तेरी ये मजाल कि स्साला मेरे सामने ही...मुझे दलाल समझा है तूने? रंडी!

कावेरी : (**तड़पकर उठ पड़ती है**) मुझे रंडी कहा है तूने?...हरामी?

...तेरी ये हिम्मत?...

अण्णा : हिम्मत? हिम्मत को भी चुनौती देगी तू? आज तू चार टके की औरत स्साली मुझ खानदानी आदमी को हिम्मत पढ़ा रही है? **(एकाएक उन पर लातें-धूंसे बसाने लगता है)** तेरी खातिर मैंने इज्जत छोड़ी, घर-बार छोड़ा, जात छोड़ी...और तू मुझे अब यों बेइज्जत करेगी, मेरे सामने ही रंडीबाजी करेगी तू? तेरे को तो एक में से दो करूंगा। समझा क्या है तूने? मर्द हूं...

[कावेरी चीखती जाती है। अण्णा प्रहार किए जाता है। कावेरी के बाल बिखर जाते हैं। वह भी गालियां बक रही है। इसी बीच चिमन आता है और एक ओर संदूक से चादरा निकालकर इस तरह से ले जाता है, जैसे यह सब उसके लिए अदृश्य और प्रभावहीन है। उसके आने-जाने का नोटिस न तो अण्णा लेता है, न ही कावेरी।]

कावेरी : तू?... आईग्।...अरे तू तो भड़वा है एक बोतल दारू के दामवाला आदमी स्साला! तू मरद है? तू तो...बोतल है! कुत्ता!...तू मेरे को मारकर मर्द बनेगा। आज जिस इज्जत की डींग हांक रहा है...ओह , आईंग्!...

[चिमन का पुनः प्रवेश। वह अण्णा को थामता है। अण्णा थम जाता है। हांफता हुआ चारपाई पर बैठ जाता है।]

चिमन : अबी तुम लोग जरा अक्किल से काम लो। सब आर्टिस्ट थक के झोप गया है। फालतू आवाज नहीं करो ना!

[चिमन जाता है।

कावेरी उसी तरह धरती पर बैठकर उकडूं हालत में उससे बहस करने लगती है।]

कावेरी : तू टुकड़खोर साला!...तू किस बात का हमारा मरद बनता है।

अण्णा : बात?...तू घाट-घाट का पानी पीती नाचती फिरती थी कुतिया! मैं ही हूं जो इस बखत तक तेरे साथ रहा। अपनी जात, समाज सब छोड़ के तेरे साथ रहा। तेरा आदमी बनकर। नहीं तो किस-किसके साथ नहीं बैठी तू?...सबने आखीर में धकेला तुझे। इकल्ला मैं ही हूं जो तुझे निबाहता आया हूं—तेरे लिए क्या नहीं त्यागा है मैंने?

कावेरी : मेरे टुकड़े खाए हैं तूने। यों ही नहीं रहा...ओ, ताई! आईग्...

[कमर, शरीर सहलाती,रोती-बिगड़ती कावेरी बोलती जा रही है।]

मण्णा : स्साली रो-रो के बताती है और रंडीपना...बोल, धरम से बोल! मेर सिवा कौन टिका तेरे पास? तू सिलेदार संभाजीराव की रखैल रही। एक दिन उसने भी तेरे को धकेला...फिर मैं ही हूं, जिसने तेरे को औरत की इज्जत दी। तेरी बेटियों को बाप का नाम दिया।...अपना नाम, जात दरकिनार किया और अब तू इतनी बेहयाई लाद चुकी हैं कि कि मेरे सामने ही...

कवेरी : सामने न हो तो क्या सच झूठ हो जाएगा? ऐं?...यह हमारा पेशा है—तू नहीं जानता क्या?

अण्णा : आदमी सब जानता है। बरोब्बर सब्ब जानता है, पन हर चीज का एक परदेदारी होता है। लिहाज होता है...और तू मेरे सामने ही?...

[कावेरी सिर्फ रोती-सिसकती रहती है।]

अण्णा : **(अचानक स्वर नर्म कर लेता है।)** मैं भी सब जानता हूं। सब लोक, सब जानने हैं...पन तुझे...मेरी इज्जत देखनी चाहिए कावेरी, आखिर को मैं तेरा हसबैंड कहलाता हूं... सब जानते हैं।

[वह उसके करीब जाता है। झुकते हुए उसके पास बैठता है। कावेरी सिसक रही है।]

अण्णा : अब बताने का ना?...किदर लग गई तेरे को? ये मर्द आदमी

का गुस्सा भी भोत खराब होता है। औरत लोक इस बात को नहीं समझ सकता! बतला मेरे को!...

दृश्यः सात

[स्टेज पर तमाशा का एक दृश्य चलता है। कावेरीबाई आकर नाचती है। कुछ समय बाद वहां अंधकार होता है। फिर प्रकाश श्यामाबाई पर आता है। रत्ना वहां आती है।]

श्यामा : कौण है?...

रत्ना : रत्ना।

श्यामा : नहीं-नहीं, आज तेरे को इदर नहीं आने दूंगी। बिस दिन कावेरी ने मेरे को ही डांटा।

रत्ना : नहीं। मैं सोने की खातिर नहीं आई हूं मावशी।

श्यामा : तो क्या करने आई है?

रत्ना : तेरे से बात करने।

श्यामा : वह तो ठीक है, पन बाद में फंसवा मती देना।

रत्ना : (**हंसकर**) नहीं-नहीं। आज वैसा नहीं करूंगी। विश्वास कर। आई के आने से पहले ही भाग जाऊंगी।

श्यामा : आज भी क्या कम तिकीट बिके हैं?

रत्ना : हां।

श्यामा : मालूम नहीं, क्या हो रहा है?

रत्ना : मावशी, तेरे को मालूम नहीं, ये सब गुलाबबाई के कारण...

श्यामा : हां हां,वह तो मालुम है, पन संच का खरच ऐसे कैसे चलेगा अब?

रत्ना : हां ये तो है।

[चुप्पी।]

रत्ना : क्या मेरे को भी नाचना पड़ेगा?

श्यामा : नाचेगी नहीं तो क्या करेगी? नाचना तो इदर हर लड़की का भाग है। (**हंसते हंसते**) एक बार ऐसे ई मेरे साथ काम

करनेवाली चोकरी किसी के साथ भागी। ऐसा चक्कर चलाया कि बिसको कोई पकड़ ही नहीं सका। भोत ढूंढ़ा बिसको। फेर कैई बरस बाद-ओ मिली। बिसके चार बच्चे हो गए थे तब तलक। मरद आइसक्रीम बेचता था। और बिसका हाल मत पूछो नहीं! बहुत बुरा। दूसरी बार संच में आने को बोलती थी। पर नाच के लिए बेकार हो गई थीं तब तलक ...जरा पानी दे।

[रत्ना पानी देती है।]

श्यामा : इस साल नहीं तो आंगू वाले साल तेरे को जरूर संच में उतरना पड़ेगा। सुन रही है ना? जरा ध्यान से देखा कर सब! क्योंकि तेरी आई को तेरे से,अन माला से बुढ़ापे में सहारा बनेंगा। जा, भाग बिधर! तेरी आई आ रही है।

[रत्ना भागती है। कावेरी आती है गुस्से में हाथ में एक रुपए का नोट भींचे हुए है। पीछे-पीछे साजिन्दे और बिरज है।]

कावेरी : स्साला एक टका फेंक के बोलता है, तू गई काम से! वह बात नहीं रही अब!

[मुंह बिंचकाकर बोलती है—मटकती हुई।]

कावेरी : बोलता है—रस तो गुलाबबाई की बिजली में है—फिर मेरे को देखने काये को आते हैं वो हरामी केअ्...!

अण्णा : हां, ए संच तो तेरे कारण ही चलता है कावेरी!

चिमन : कावेरीबाई—तुम गुस्सा नहीं करो तो बात बोल दूं!

कावेरी : क्या?

चिमन : जिदर-जिदर अपून गए, बिदर-बिदर तीन दिन पुरोगराम हुआ, फिर खलास! और आज जो हुआ है, ओ-तो सुरुआत है।

कावेरी: (गुस्से से) क्या मतलब?

चिमन : अबी देखो ना, हम पइलेई बीला था—नाराज नहीं होने का।

कावेरी : पन पूरी बात बोलने का ना!

[रोने लगती है।]

अण्णा : कावेरी!...

[कावेरी रुलाई रोकने की कोशिश करती है।]

चिमन : अबी तो एक गाहक बोला है कावेरीबाई, कुछ दिन बाद तो अपुने संच' मैं कव्वे बोलेंगे!

कावेरी : **(गुस्से से)** क्या मतलब...? अरे, कव्वे तेरे सिर पे बोलेंगे...। तेरे बोड़खे में!

अण्णा : जरा ठंडे दील से बात सुनने का कावेरी! बिसको बोलने देने का।

कावेरी : बोले-ना, बिसको मैंने किदर रोका?

चिमन : बखत पे सम्हलने का कावेरीबाई।

कावेरी : तू क्या बोलना चाहता है? खतम करने का ना?

चिमन : **(गुस्से में)** मैं ये बोलना चाहता हूं कावेरीबाई कि अब तुम्हारा एज मेकअप मारने से छुपेंगा नहीं।

[कावेरी का गुस्सा अचानक पिघल जाता है। मायूसी से सोचने लगती है।]

कावेरी : ठीक है। मैं समझ गई तेरी बात। आज से संच बन्द। माला को उतारेंगे संच में। जब उसकी टरेनिंग हो जाएगी, तब चलेगा संच! **(श्यामाबाई से)**

कावेरी : क्या, ठीक है ना अक्का?

श्यामा : अब तू बोलती है तो ठीक ही होएंगा।

कावेरी : पगार सबको पूरी मिलेंगी, पन खाने में भात के साथ सिरफ दाल। बाकी कुच् नहीं।

दृश्य : आठ

[दृश्यारंभ ताल के बोलों से होता है। हरमोनियमवाला आता है। हरमोनियम सम्हालता है। अण्णा और कुछ लोग

आते हैं। सबसे बाद में कावेरी। उसके हाथ में छड़ी है।]

कावेरी : माला कहां है?

अण्णाजी : अबी आती है।

कावेरी : अब देखूंगी गुलाब की बिस फूलझड़ी को!

[माला आती है। नारियल इत्यादि फोड़ा जाता है। फिर कावेरी माला से सबके पैर छूने को कहती है।]

कावेरी : हां, तो सुरू करो!

[ट्रेनिंग शुरू होती है। फिर कावेरी उसे नृत्यमद्राएं बतलाती है। लगता है कि माला इस सबसे खुश नहीं है फिर भी करती जाती है। बीच में रिहर्सल रुकती है। माला रत्ना से पानी मांगती है। रत्ना पानी देती है।]

रत्ना : अक्का, अब तू नाचेगी तो संच में तेरे को देखने हजारों-हजार लोग आया करेंगे।

माला : हां, मालूम नहीं। मुझे देखने आएंगे या मैं उन्हें देखूंगी।

रत्ना : तू खुश नहीं है?

[माला धीमे से 'हां' में सिर हिलाती है।]

रत्ना : तो?

[कावेरी दूसरी ओर से आवाज मारती है।]

कावेरी : ऐ, माला! चल इदर...।

[फिर से रिहर्सल शुरू होती है। लेकिन माला के चेहरे पर गुस्से के भाव आते-जाते हैं। एक बार कावेरी उसे कुछ समझाती है, लेकिन माला से होता नहीं। कावेरी गुस्से में उसे ठीक करने की कहती है।]

माला : (गुस्से में) नहीं होगा ये मुझसे। ये तमाशा है कि रंडीपना?

कावेरी : बोल, क्या बोला था तूने ...बोल, फिर से बोलने का!

[अपने हर शब्द के साथ माला को छड़ी मारती हैं।]

कावेरी : बोल! अब कहेगी तमाशे को रंडीपना? बोल...? बेसी बात

कहेगी ? फिर से बोलने का... ?

अण्णा : बिसको नहीं मारने का कावेरी... ! जरा सबूरी से काम लेन का ना।

कावेरी : तेरे को बोलने का नहीं बीच में। **(माला से)** बोल... !

माला : **(तिलमिलाकर)** नहीं-नहीं कहूंगी। कब्बी नहीं कहूंगी !

कावेरी : ले जाओ इसको इदर ले। काल फिर से देखेंगे...

[माला का रत्ना और अण्णा ले जाते हैं। सुबकती हुई वह जाती है।]

दृश्य : नौ

[माला और रत्ना लेटी हैं। एक आवाज बाहर से आती है।]

आवाज : माला-अ्... ! ओ, माला !

[जगन्नाथ झांकता है।]

माला : **(चौंककर)** कोण ? तू ?

[जगन्नाथ उसे 'आहिस्ता' बोलने का संकेत करता है।]

माला : तू इदर काय को आया ? मरवाएंगा ?

जगन्नाथ : मेरे पर रहा नहीं गया माला, इसीलिए आया। कितना मारा है तझे ?

माला : अरे, ! पन, तेरे को इदर किसीने देख लिया तो ?

जगन्नाथ : मेरे को किसीने नहीं देखा है।

माला : पन तू इदर आया क्यों ?

जगन्नाथ : दिल नहीं माना इसीलिए। तुझे बहुत चोट लगी है क्या ?

माला : हां, सारे बदन में निशान हो गया है। **(रोती है।)**

जगन्नाथ : तू रो रही है ?

माला : मेरे भाग में रोना तो है ही, जगन्नाथ।

जगन्नाथ : रो मत। जल्दी सब कुछ ठीक हो जाएगा।

माला : क्या ठीक होगा?

जगन्नाथ : मैं कुछ-न-कुछ करूंगा।

माला : क्या करेगा तू?

जगन्नाथ : मैं तेरे को इदर से ले जाऊंगा। तेरे को हिम्मत से काम लेना चाहिए।

माला : गए तो किदर जाएंगे? कुछ घर-द्वार, काम-धाम तो होना ना?

जगन्नाथ : पहले कोई ठिकाना ढूंढना पड़ेगा। लेकिन पइसा तो पहले हो ना।

माला : किदर हैं पसे?

जगन्नाथ : यही तो चक्कर हैं।

माला : आई मेरे को अगले मास ही उतारेगी तमाशे में—बिससे पहले ही कुच्....

जगन्नाथ : हां, वही तो सोच रहा हूं। तू नहीं कर सकती कुछ पैसे का इन्तजाम?

[माला सोचती है।]

माला : देख, कुछ-न-कुछ करूंगी। अबी तू जा इदर से।

जगन्नाथ : कल मिलेगी ना उदर पुरानी जगह पर?

माला : हां-हां, तू जा!

[माला अपनी जगह पर आकर लेट जाती है।]

दृश्य : दस

[चिमन, बिरज तथा अन्य लोग बैठे बातें कर रहे हैं।]

चिमन : अबकी बार तो मर गए! अपुन लोक के लिए तो बरसात अबी ही हो गई। जिस काल से तमाशा बन्द हो गया है, ठीक तरियां खाने को नहीं मिला—जीभ तरस गई स्साली! हर रोज वही दाल-भात!

एक : इनाम बन्द, ओ अलग से।

बिरज : मैं तो पास के खड़े की एक बारात में घुस गया। खूब छककर श्रीखण्ड और पूरनपोली खाई।

दूसरा : हमारे को भी ले चलने का था?

बिरज : हां, यही तो बतला रहा था। पास के खेड़े में इदर एक और लगन है। बिसमें तुम साथ चलना।

चिमन : हां-हां।

बिरज : तुम नहीं। तुम गए तो हम सब मारे जाएंगे। लोग तुम्हारे को पहचान लेंगे। बोलेंगे, चिमन कामेडियन आया है। कुच् दिन बाद मुलताई में।

चिमन : ठीक गुलाबबाई के संच के सामने पुरोगराम करेंगे। कावेरी भी खूप औरत है। गुलाबबाई को पानी पिलाके छोड़ेगी।

बिरज : कावेरी ने माला को तैयार भी कुच् इस तरिया किया है कि बिसके रग-रग में सात सुर भर दिए हैं। गुलाब की फुलझड़ी क्या खाके ठैरेगी बिसके सामने...? चिमन, बिस दिन बेलापुरकर आया था—माला की टरेनिंग देखने की खातीर। क्या बोला?

चिमन : बोलता क्या, स्साले की धोती हिलके रह गई! कावेरी बिसको बोली—देखा शंकर, मेरा लहू है। कावेरी का लहू। ये एक तरियां से मैं ही हूं—जवान कावेरी! शायद शंकरराव ने ही मुलताई में संच की परमीसन दिलवाई है।

[अण्णा आता है।]

अण्णा : चिमन, तूने माला को देखा क्या?

चिमन : नहीं तो।

अण्णा : मैं जा रहा था मुलताई—इन्तजाम करने। बिसको बताने आया था।

[इतने में रत्ना भागती हुई आती है।]

अण्णा : (उसे देखते ही) ऐय् रत्ना, तूने माला को देखा क्या?

रत्ना : **(चौंककर)** हूं?

अण्णा : सुनती है कि नहीं? माला किदर है?

रत्ना: नहीं, मैंने बिसको नहीं देखा।

अण्णा : न जाने कहां मर गई कम्बखत!

[रत्ना दूसरी ओर देखकर]

रत्ना : वह...वह आती है।

अण्णा : माला, इदर आ!

[माला के हाथ में लोटा है।]

अण्णा : कहां गई थी तू! (**हाथ में लोटा देखकर**) अच्छा-अच्छा! मैं मुलताई जा रहा हूं। तेरे पैले पुरोगराम का इन्तजाम करने। तू अपनी आई से झगड़ा-उगड़ा नहीं करना। ध्यान से रहने का।

[अण्णा जाने लगता है।]

चिमन : अण्णा, मैं भी चलता हूं। तेरे को बस तक छोड़। (**फिर अन्य से**) तुम लोक भी चलते...।

सब : हां-हां, चलो...थोड़ा घूमेंगे!

[माला अपने तम्बू की ओर जाने लगती है रना मुसकराती है।]

रत्ना : अक्का?

माला : क्या?

रत्ना : एक बात पूछने का।

माला : क्या?

रत्ना : जगन्नाथ तेरे को प्यार करता है ना—?

माला : ये...ये तेरे को कोण बोला?

रत्ना : मेरे को सब मालूम है। भोत दिन से दिखता है मेरे को। आज भी देखा।

माला : (**घबराकर**) क्या देखा तूने?

रत्ना : सब्ब!

माला : धीरे बोलने का।

रत्ना : हां-हां, धीरे बोलती ना। मैं आज गई थी तेरे पीछे—बिधर!

[माला कुछ क्षण चुप रहती है।]

माला : (**फुसलाते हुए**) मेरी बहिण है ना तू?

रत्ना : हां।

माला : फिर एक बात मानेगी मेरी?

रत्ना : क्या?

माला : किसीको बोलना नहीं—मैं तेरे को पांच रुपया दूंगी।

रत्ना : मेरे को रुपया नहीं होना।

माला : फिर?

रत्ना : मैं भी तेरे साथ चलूंगी।

माला : किसके साथ? **(आश्चर्य से-बनावट करती हुई।)**

रत्ना : तेरे और जगन्नाथ के साथ। तुम दोनों भागनेवाले हो ना?

माला : **(सिटपिटाकर)** अरे, तू कहां चलेगी?

रत्ना : जिदर तुम जाओगे—मेरे को भी संच नहीं जमता।

माला : अच्छा, मैं तेरे को साथ ले चलूंगी—पर अभी नहीं।

रत्ना : तो कब?

माला : अभी तो हमारा ही ठिकाणा नहीं है। जब जम जाएंगे, तब धोरे से जगन्नाय को भेजकर तेरे को बुलवा लूंगी। ठीक है?

रत्ना : पन?

माला : पन क्या? जरा सोचने का। एक-एक करके निकलना ठीक रहेगा। अपुन दोनों एकदम गए तो न मैं निकल पाऊंगी, न तू। ऐसे मामले में सबूरी से काम लेना है ना?

रत्ना : अच्छा।

माला : पन...एक ध्यान रखने का। किसीको जरा भी मालूम नहीं होना कि...

रत्ना : तू बेफिकर हो जा, पन... जाओगे कब?

माला : जल्दी ही।

दृश्य : ग्यारह

[कावेरी पान दान से पान बनाकर देती है। छालियां शंकरराव काट रहा है। कावेरी का दिया पान वह सामने रख लेता है, फिर तम्बाकू रगड़ने लगता है।

कावेरी : अण्णा आने को ही होगा।...अबी देखती हूं, बिसने किदर क्या जमाया?

[कावेरी पान चबाती है। शंकरराव तम्बाकू में सुपारी डालकर फंकी बनाता है। दायें गाल के कोने में हौले से चटकी दबाते हुए।]

शंकरराव : जमने को तो कुछ नहीं है। सब जम गया होएंगा, गुलाबबाई उखड़ेगी, पन एक बात ध्यान रखना कावेरी! किसीको पत्ता नहीं पड़ना चाहिए—तुम्हारी मंजूरी, पुरोगराम के पीछे मैं हूं...

कावेरी : **(हंसती हुई)** अबी हमसेई पालिटिक्स खेलता है शंकरराव! ...

शंकरराव : कैसा पालिटिक्स?

कावेरी : तुम उसका भी भला बना रहेंगा, हमारा भी...दोन-दोन नाव पर चढ़ता है क्या?

शंकरराच : **(हंसते हुए)** तुम नहीं समझोगी। यही समझती होती तो हम अण्णा की जग्हा होता, तुम हमारी जग्हा...अरे भाई, हम पालिटिकस का आदमी है। दम बाजू से सोचना पड़ता है।

कावेरी : पन ये तो सिरफ दो बाजू का बात हुआ शंकरराव! ...

शंकरराव : कसा?

कावेरी : जरा समझने का। **(समझाती हुई)** एक बाजू तुम गुलाबबाई के पेट पर भी लात मारेंगा, दूसरा बाजू तुम हमारी पीठ पे भी लात मारता है। सच्ची बात काय की खातिर छुपाने का?

शंकरराव : **(हा-हा करके हंसता हुआ)** अरे, तुम भोत फिल्मी डालाग मारताय है कावेरी! बस, तुम्हारी येई बात है, जिसकी खातिर हम पीछू बीस साल से गुड़गोबर हुआ है। खैर...पन तुम इस बात को हमारी तरियां समझो... **(दबे स्वर में)** तुमको मालुम नहीं, अभी आंगू-पीछू चुनाव आएगा... पालिटिक्स स्साला ऐसा बेवफा माशूक हुआ है कि बिसका भरोसा नहीं, किस

बाजू कौन-सा लवर की खातिर झुकेंगा।

कावेरी : ऐसा काय को बोलता है? बोलो ना—पालिटिकल आदमी तमाशेवाली-सारखा हुआ है।

शंकरराव : **(पुनः हंसते हुए)** बात वही है, पन बोलने का एक तरीका है। पालिटिक्स में ऐसे ही बोला जाता है। रंडी होएंगा फिर भी काम करेंगा—गृहिणी का। माफिक। नहीं किया तो फेल हो जाएंगा।

कावेरी : पन तुम्हारा ये क्या दांव है! तुम गुलाब का भी रहेंगा, हमारा भी? इसमें कौन-सा पालिटिक्स है?

शंकरराव : है।...सौ फीसदी है। गुलाब का आशिक भी है, तुम्हारा भी। पालिटिक्स में सबको साथ लेके चलने का है—समाजवाद है। अबी तुम औरत होके भी औरत से आउट हो गया, पन तुम्हारे को हम छोड़ेंगा नहीं—पालिटिक्स है। हम बुलाबबाई को भी नहीं छोड़ेंगा, बिसको हम खुद आउट कर रहा है, पन छोड़ेगा नहीं। पालिटिक्स है। सब हमारा वोटर है। इदर का नहीं है तो बिधर के इलाके का है, पन हमारी पाल्टी में हमको वोट चाहिए। किदर से भी हो।

[कावेरी सुनती जाती है। प्रभावित होती जाती है।]

कावेरी : मान गई तुम्हारे को!

शंकरराव : कैसा?

कावेरी : ऐसा कि तुम भी हमारे बरोबर खरोखर धंधा करता है। अपना गाहक खराब करने का नहीं। स्टेज पर हम जो रंडीपना करके सातारा ताल्लुके का पब्लीक को खुश करेगा, ओई तरीका से मुलताई में करेगा। पब्लीक हमारा है। अईसई पालिटिक्स का भी है। ठीक समझा ना हम?

शंकरराव : तुम समझदार है कावेरी! बहुत समझदार है।

[कावेरी खुश होती है।]

शंकरराव : बस, हमारे-तुम्हारे में फरक इतना ही है कावेरी! तुम छोटी

जात का रंडी है, हम बड़ी जात का। रंडी दोनों हैं। पन कोई स्साला स्टेज पर बोलता नहीं कि ओ रंडी है!

[दोनों हंसते हैं। अण्णा का प्रदेश। कुछ लोग उसके पीछे।]

शंकरराव : कब आया अण्णा?

अण्णा : बस, अभी।

शंकरराव : **(पीके कोने में थूकते हुए)** गुलाबबाई का संच क्या बोलताय उधर?

अण्णा : हाउस फुल ले रहा है अभी तो...

कावेरी : उसकी बात छोड़ो। अपना इन्तजाम किया?

[अण्णा ट्रंक पर बैठता है। थैला एक ओर रखता है।]

अण्णा : हां, ठीक गुलाबबाई के संच के सामने ही मैदान में अपना कारोबार जमाने का।

कावेरी : आंगू?

अण्णा : मुलताई पहुंचने के फौरन बाद हमने डोंडी पिटवाया-इदर कावेरीबाई का संच आता है।...मालाबाई का तमाशा भी आएंगा! खास तौर से पब्लीक को देखने का। माला बिलकुल बिजली है!... कलरफुल बिजली!

शंकरराव : **(सराहते हुए)** ठीक बोला...एकदम खरोखर सच्च!

कावेरी : पांच दिवस बाद मुलताई चलने का तय किया—ये बोला?

अण्णा : बोला।

कावेरी : अच्छा किया। मुलताई के बाद नागपूर, सातारा, वाई...भोत जगह। विस फूलझड़ी की तो...

शंकरराव : **(बीच में ही)** अरे वो तो हो गई स्साली! छोड़ो बिसका जिकर...**(इधर-उधर देखते हुए)** माला किदर है?

अण्णा : **(उठते हुए)** देखता हूं...इधर ही कहीं होएंगी।

[जाता।]

दृश्य : बारह

[माला अपना बक्सा ठीक-ठाक कर रही है। रत्ना उसे देख रही है।]

रत्ना : क्या अक्का, आज जाएगी?

माला : **(चौंककर)** नहीं-नही, शायद कल-परसों।

रत्ना : पन तूने कपड़े तो आज ही लगा दिए?

माला : तैयारी पहले से करनी पड़ती है। तू सो जा। रात हो गई है।

रत्ना : क्यों?

माला : इसलिए कि इत्ती रात हो गई है।

[रत्ना लेटती है।]

रत्ना : अक्का, जिस दिवस तू जाएगी, जिस दिन तो यहां हल्ला हो जाएगा। सब तुझे पागलों की तरियां ढूंढेंगी।

माला : हां-हां, सो जा!

रत्ना : अक्का?

माला : अब सोती क्यों नहीं?

[अण्णा आता है।]

अण्णा : माला, तू अभी तक सोई नहीं?

[माला रत्ना के पास लेटती है। अण्णा ऊपर चादर डालकर जाता है।]

रत्ना : अक्का, मेरे को कब बुलवाएगी?

माला : कहा ना—जल्दी ही।

रत्ना : जल्दी बुलवाना मेरे को।

[माला उठती है। रत्ना उसे घूमकर देखती है। माला उसका शक दूर करने के लिए फिर से लेट जाती है।

अचानक 'चोर-चोर' का शोर सुनाई देता है। दोनों सहम जाती हैं। कुछ गालिकां—स्साले! हरामी, चोर...

इत्यादि। फिर रत्ना वहां पहुंचती है, जहां जगन्नाथ की पिटाई हो रही है।]

कावेरी : कुत्ते, मैंने तेरे को रात रोटी दी, जग्हा दी और तू मेरी सारी पूंजी चोरी कर रहा था...? ले जाओ स्साले को थाने!

[थप्पड़ें मारती है जगन्नाथ को। उसे अण्णा और बिरज ने पकड़ रखा है। रत्ना—खामोश खड़ी उसे देखती रहती है। जगन्नाथ खामोश है। चुपचाप सहता है। माला भी आ जाती है। रत्ना उसे घूरती है। कावेरी माला की ओर मुड़ती है।

कावेरी : देखा माला, ये हरामी मेरे ही जेवर चोरी कर रहा था...। देख, ये पोटली!

अण्णा : यह तो मैंने देख लिया, नहीं तो स्साला पार हो गया था।

कावेरी : विठोबा तेरी किरपा, वरना हम तो बरबाद हो जाती, लुट जाती! देखते क्या बिसकूं...? ले जाओ साले को पुलीस में।

[चिमन, बिरज और अण्णा उसे ले जाते हैं। कुछ साथ जाते हैं, कुछ पीछे रह जाते हैं। माला भागती हुई अपनी जगह लौटती है—सुबकती हुई। रत्ना उसके पीछे आता है।]

रत्ना : अक्का! ओ पोटली तो तूने दी थी बिसको? मैंने खुद देखा था।

माला : **(सुबकते हुए)** भगवान की खातिर चुप हो जा!

रत्ना : तू बोलती थी, तेरे को बिससे प्यार है? तू बिस बखत मुंह क्यों नहीं खोला, जब बिसकूं थाने ले जा रहे थे लोक...? तू धोखेबाज है! तूने ही बिसको मार खिलाई।

माला : मेरे को आई का डर था।

रत्ना : तू नीच है अक्का...! गन्दी है! तूने बिसको धोखा दिया।

दृश्य : तेरह

[स्टेज पर दृश्य—तमाशा। स्टेज पर माला थिरक रही है। कावेरी परदे के कोने से झांक रही है। बहुत खुश हैं। साजिन्दे साज बजा रहे हैं।

माला उत्तेजित करने वाली अदाएं दर्शकों पर उछाल रही है। दूसरे हिस्से में रात। माला और रत्ना बैठी हुई हैं। माला लेटती है। रत्ना उसके घुंघरू खोलती हुई बात शुरू करती है।

रत्ना : अक्का, तुझे स्टेज पर उतरते डर नहीं लगता?

माला : डर...? किस बात का डर?

रत्ना : सारे पंडाल के लोग तेरे को देखते हैं। तेरे को देखकर हुईश्-हुईश् करते हैं। (**बचकानी सीटी मारती है**) कैसा लगता है तुझे?

माला : अच्छा लगता है। बहुत अच्छा।

[बिरज का प्रवेश। माला-रत्ना चौंककर उसे देखती हैं। वह हंसता जा रहा है।]

माला : क्या हुआ?

बिरज : (**उसी तरह बदहवास हंसता हुआ**) क्या हुआ, गुलाब की फुलझड़ी बुझ गई...। (**फिर हंसता है**)

माला : (**चौंककर**) क्या हुआ उसे?

बिरज : वह अपनी दुकान बढ़ा चली...

रत्ना : क्यों भला?

बिरज : इसलिए कि उनके हाउस में सिरफ गेटकीपर बचे। कावेरीबाई ने बोला था ना...मेरे अनारों के सामने क्या टिकेंगी फुलझड़ी...? वही हुआ... (**फिर हंसने लगता है।**)

[चुप्पी माला और रत्ना एक-दूसरे को देखती रहती हैं। बिरज जाता है।]

माला : (**गहरी सांस लेकर**) बुरा हुआ...पेट उन लोक का भी है। पन

क्या करने का? सभी अपनी बात सोचते हैं। लाचारी है।

[चुप्पी।]

रत्ना: अच्छा, अक्का! तू भीड़ में आंख मारती है। मैंने देखा। कल तूने उस पीले कुर्तेवाले को बहुत बार आंख मारी?

माला : (**हंसकर**) पगली है तू। आंख मारने से अपना क्या जाता है? बिसे देखा था न तूने? जैसे-जैसे मैंने आंख मारा बिसके नोट स्टेज पर आते रहे?

[रत्ना को अच्छा नहीं लगता।]

रत्ना : इस तरियां नाचने-गाने का धंदा मेरे को बिलकुल नहीं जमता। पब्लीक कैसा-कैसा करती-बोलती है? सब्ब गंदा!

माला : रत्नाबाई, नाचना-गाना आरट है—कल्ला! पहले मैं मूरख थी। तेरी तरियां सोचती थी। पाछू सब समजा। बखत ने समझाया। समज लिया कि हम लोक का इसके अलावा कुछ नहीं है। बस, नाचना है, गाना है, पंडाल है, संच है, सरपंच है... अन रोज-रोज नवा मानस है। धनीक लोक! बस्स!

रत्ना : हुंह!

माला : ये सब्ब आरट है, आरट! बिसमें ये नहीं देखने का कि सामनेवाले को क्या हो रहा है? अपुन लोक को तो बस काम करते रहने का...लोक मानस को खुश करते जाने का। बस!

[रत्ना गुस्से में चली जाती है।]

माला : रत्ना...! ओ रत्ना! (**बड़बड़ाती है**) धीरे-धीर तेरे को भी सब समझ में आएगा।

[माला मेकअप करने लगती है। कावेरी आती हैं। एक घड़ी उसके हाथ में है।]

कावेरी : तूने बोला था ना, तेरे को एक घड़ी पाहिजे? ये ले!

[कावेरो घड़ी देती है। माला देखती है।]

कावेरी : देखती क्या है? दीढ़ से की है। बिदेसी।

माला : अच्छी है। (**कलाई पर बांधती है।**) आज शो में इसको ही पहन के जाऊंगी।

कावेरी : हां-हां, पन रत्ना किदर है? बिसको भी ये सब देखने का। अबी नहीं सीखेंगी तो फिर कब सीखेंगी?

[माला चुप है।]

कावेरी : क्या हुआ तेरे को? चोप् क्यों है?

माला : रत्ना लगन करना चाहती है। जिसको घरगरहस्थीवाला लगन होना। शादी! संचवाली जिन्दगी बिसको जमती नहीं।

कावेरी : लगन हर औरत का होना चाहिए। तेरा भी होना साहिए, रत्ना का भी होना चाहिए।

माला : पन् रत्ना अलग तरियां का लगन मांगती है—संचवाला नहीं।

कावेरी : कैसा?

माला : किसीका घर बसाने का लगन, इस तरियां देस-विदेस घूमनेवाली संच का लगन बिसको नहीं होना।

कावेरी : (**कुछ सोचते हुए**) हूं...ठीक है। काल से बिसकी भी टरेनिंग सुरू! दो-तीन मास बाद बिसको भी स्टेज पर उतारेंगे।

दृश्य : चौदह

[स्टेज पर एक दृश्य—तमाना। रोशनी रत्ना पर आती है। रत्ना नाच रही है। अन्धकार हो जाता है। दूसरे हिस्से में प्रकाश होता है।]

माला : तेरे को अपुना बदन कुछ और तोड़ने का।

रत्ना : किस माफिक?

माला : इस माफिक!

[माला कमर हिलाकर, अंगड़ाई लेकर बतलाती है।]

रत्ना : मेरे से जमेंगा नहीं।

माला : जमेंगा कैसे नहीं? कोशिश करने का। सब्ब जम जाएंगा।

[अन्धकार।

प्रकाश होता है। रत्ना स्टेज पर है। वह माला की तरह अंगड़ाइयां लेकर शरीर-प्रदर्शन करती हुई नाच रही है। अन्धकार। रत्ना और कावेरी पर प्रकाश आता है।]

कावेरी : रत्ना, अबी तिकीट का दाम बढ़ाने का सोचा है।

रत्ना : काय को?

कावेरी : सबी जगह हाउस फूल है। ऐसा मौका हरहमेस नहीं आता। ये संच की जवानी है। इसको पूरी तरियां चिल्लर में बदलने का। अब तिकीट होएंगा एक का दीढ़, दीढ़ का दोन, दोन का तीन ...

[रत्ना अरुचि से जाने लगती है। कावेरी उसे टोकती है।]

कावेरी : अरे, दो मिलट बात सुनने का।

[रत्ना थमती है।]

कावेरी : तेरे को बिस मरद का खास खयाल करना है।

रत्ना : किसका?

कावेरी : ओई, पांच का नोटवाला।

रत्ना : कोण?

कावेरी : ओ, जो सबसे आंगू बैठता है।

रत्ना : ओ...? ओ ना? बिसका नाम मुकुन्दराव है। इदर से थोड़ा पास खेड़े का पटेल। उदर उसका जोर है।

कावेरी : हां अ्। इदर जिसका जोर है। अबी इदर अपने को संच जमाने का है। उसका खास ध्यान रखना पड़ेंगा। बस, बिसको दो-चार बार जमाके देखने का। लटका रहेंगा।

रत्ना : काय को?

कावेरी : अब ज्यादा बनने का नहीं है। हम तेरे को ये तो बोला नहीं कि तू बिससे लगन कर? बस, खयाल रखना है। रखेगी तो अपना काम-धाम ठीक से चलेंगा।

[अन्धकार

स्टेज पर दूसरा दृश्य।]

चिमन : रत्ना रानी, तेरी खातीर हम घर-द्वार छोड़ के आया। चार घरवाली, नौ बच्चा लोक को छोड़ा। तीन खेत दो भाई छोड़ा। एक घर दो बाप... अरे, नहीं-नहीं! बाबा रे। गलत हुआ। (**माथा ठोककर**) एक बाप, दो घर छोड़ा...

रत्ना : पन् क्या होने का तेरे को?

चिमन : कुछ नहीं, बस तेरे से लगन करने को जी होता है।

रत्ना : अरे, परे हट्...मेरे से लगन बनाएगा? पहले अपुना बदन तो संभालने का। कैसा लड़की के माफिक है! हम लगन करेंगा तो किसी मरद से। और अपुन को एक मरद जम भी गया है...

चिमन : कोण है...ओ-स्साला...? (**दर्शकों की ओर घूरता है।**)

रत्ना : (**दर्शकों की ओर संकेत करते हुए**) वह... वह...!

चिमन : कोण? ओ फेंटेवाला?

रत्ना : नहीं-नहीं।

चिमन : वह चश्मेवाला?

रत्ना : नहीं-नहीं।

चिमन : वह टोपीवाला?

रत्ना : नहीं नहीं।

चिमन : तब कोण?

रत्ना : वो...वो...(**लजाते हुए**) मुकुन्दराव पटेल...।

[भागकर स्टेज से जाती है। अन्धकार]

दृश्य : पन्द्रह

[रत्ना घुंघरू उतार रही है। बिरज का आगमन।]

बिरज : तेरे को कुछ मालूम है रत्नाबाई?

रत्ना : क्या?

बिरज : जगन्नाथ जेहल से छूट गया। वो इस बखत माला के पास है। काबेरी और अण्णा भी उदर ही हैं। बहुत जोर का तकरार होता है।

रत्ना : सच्ची?

बिरज : और क्या? बिसवास नहीं है तो अपनी आंखों से माला के उदर जाके देखो। जगन्नाथ भी स्साला क्या मनहूस है। थाट से लेट गया है आ के। कावेरीबाई ने भोत चिल्लाचोंट किया, पन् माला ने बिसको दाट दिया कि ये बिसका घरू मामला है। अब संच बैठ जाएगा स्साला...। स्साली इदर लैला पैदा होती है अन् मजनू लोक आता है।

[रत्ना दौड़कर दूसरी ओर जाती है। माला और कावेरी में जोरो से झगड़ा हो रहा है]

माला : अपुन इसके साथ जिएंगीं, इसके साथ मरेंगी!

कावेरी : माला, ये चोर मानूस है! दुसरी बार भी चोरी करेंगा।

माला : तेरे को सच्च बात मालूम नहीं है आई! ओ जेवर इसने नहीं चुराए थे — मैंने इसको दिए थे। हम लोक ने इदर से खिसकने का पुरोग राम बनाया था...पन् बखत बीत गया।

[कावेरी एक क्षण चुप रहती है। एक ओर चारपाई पर लेटे जगन्नाथ को देखती है, जो आराम से बीड़ी धौंकता हुआ लेटा है।]

कावेरी : **(गहरी सांस लेकर)** तूने सोच लिया है, क्या नतीजा निकलेंगा!

माला : हां, सोचा है। अगर तू बिसको नहीं रहने देगी तो मेरे को भी इदर नहीं रहना है। किसी दूसरे संच में जाऊंगी।

कावेरी : (**अण्णा की ओर देखती है**) ठीक है। अबी तेरी जो मरजी हो, करने का!

[कावेरी पैर पटकती हुई झुंझलाकर जाती है। पीछे-पीछे भीड़।

जगन्नाथ रत्ना को देखता है।]

जगन्नाथ : राम-राम रत्नाबाई, इदर बैठो। बैठो।

माला : तू बोलती थी ना रत्ना, हम गलत किया है। बोई सुधारती हूं।

[रत्ना चुप है।]

माला : जब मैं अपना पारट करके लौटा तो देखा कि जगन्नाथ आया है। मैंने इससे माफी मांग लिया। इसने मेरे को माफ किया है।

जगन्नाथ : (**हंसते हुए**) हां, मैंने इसको माफ किया।

माला : ये तो वापस आने को बोलता था, पन मैं बोली, अब तेरे को किदर भी जाने का नहीं। मेरे साथ रहने का।

जगन्नाथ : पन तूने ठीक काम नहीं किया माला! मेरी खातिर अपनी मां से लेफड़ा किया—ठीक नहीं किया। वह तेरे की चाहती है, तेरी मां है।

माला : ठीक है। हर कोई मां अपने बच्चा लोक को प्यार करती है। इसमें कोई नवीन बात नहीं है।

[जगन्नाथ चुप हो जाता है।]

रत्ना : तो...अब तू संच छोड़ेगी अक्का?

माला : संच काय को छोड़ने का?

रत्ना : फिर लगन तुम लोक का...

माला : लगन की खातीर तेरे को कोण बोला?

रत्ना : पन् ये तो तेरे साथ रहेंगा ना...?

माला : क्यों, कोई अइसेई नहीं रह सकता क्या...? साथ के लिए लगन जरूरी है क्या?

[माला हंसती है। रत्ना चुप है।]

माला : चल जगन्नाथ! जरा बाहरा घूमने का...

जगन्नाथ : चल्!

[दोनों बाहर आते हैं। अन्धकार।]

दृश्यः सोलह

[कावेरी बक्सा देख रही है। अण्णा पास में बैठा है। मुकुन्दराव आता है।]

मुकुन्दराव : मैं अन्दर आऊं कावेरीबाई?

कावेरी : अरे, पटेल...आओ-आओ। अबी किदर रहे दो दिवस? (**अण्णा के कान में कुछ कहती है। अण्णा आता है।**) बड़ा गरम हुआ है मौसम। लो, पंखा लो...।(**पंखा देती है।**) आए नहीं दो दिवस?

मुकुन्दराव : जरा काम लग गया था। बाहर जाना पड़ा।

कावेरी : अरे-रे, तुम खड़े काय को...? बैठो। बैठो ना!

मुकुन्द : हां-हां...

[रत्ना आती है। कावेरी उठकर जाने लगती है।]

कावेरी : मैं जरा पटेलजी खातीर कुछ भिजवाती हूं...

रत्ना : (**सकपकाकर**) मैं लाती, आई...

कावेरी : नहीं-नहीं। तू बैठ इदर। मैं चाय बोल के आती हूं...

[कावेरी चली जाती है।]

मुकुन्द : आज के शो की बधाई देने आया था। बीच में दो दिन काम लग गया। पालिटिक्स में लाइफ बड़ा बिजी हो जाता है रप्ता!

[चुप्पी।]

मुकुन्द : यहां कोई डिफिकल्टी तो नहीं है तुम लोगों को?

रत्ना : (**चौंककर**) क्या...? मैं समझी नहीं?

मुकुन्द : डिफिकल्टी...! यानी परेशानी?

रत्ना : नहीं-नहीं। वह तो नहीं है।

[चुप्पों।

मुरकुन्दराव हवा करता रहता है। रत्ना सिर झुकाए खड़ी रहती है। बिरज चाय लाता है। एक गिलास मुकुन्दराव की

ओर बढ़ा देता है। एक रत्ना की ओर। फिर अकारण ही मुसकराकर दोनों को देखती है। दोनों सकपकाए हुए हैं।]

बिरज : हम जाता है पटेलजी!

मुकुन्द : मौसम बहुत खराब चल रहा है इधर। अगर ऐसे ही चला तो फसल बिगड़ जाएगी।

रत्ना : हां-अ्...

मुकुन्द : **(चाय के दो घूंट लेकर)** चाय अच्छी है।

[रत्ना सिर्फ देखती है—चुप्पी। दोनों जोर-जोर से सिप लेते हैं।]

मुकुन्द : तुम सब लोग ठीक से हो ना?

रत्ना : हं?

मुकुन्द : यानी कोई डिफिकल्टी?

रत्ना : उंहुं!

[चाय का गिलास आधा ही रख देता है।]

मुकुन्द : अच्छा, मैं चलता हूं। एक काम याद आ गया। शो के बाद मैं आऊंगा।

[रत्ना चुप है। मुकुन्दराव उसे एक बार देखता है—फिर जाता है। कावेरी का प्रवेश।]

कावेरी : भोत जल्दी गया? चाय भी छोड़ दी। भला मानू-लगता है, नहीं तो सरपंच लोक, पटेल, सब मांस नोंचने को आता है... स्साला पालिटिक्स का तमाशावाला...!

[रत्ना चुप है।]

कावेरी : **(मुसकराते हुए)** रत्ना...?

रत्ना : हूं?

कावेरी : क्या हुआ? कुछ बोला क्या?

रत्ना : कुछ नहीं।

[रत्ना भी बाहर जाती है।]

दृश्यः सत्रह

[माला लेटी हुई है। जगन्नाथ का प्रवेश। उसके चेहरे पर उत्तेजना है। वह एक पल उसे देखता है। माला भी जवाब में उसी तरह देख रही है।
जगन्नाय पास ही बैठ जाता है।]

जगन्नाथ : (**हथेलियां मसलते हुए**) मैं...मेरे को तुझसे एक बात कहनी है।

माला : क्याअ्?

जगन्नाथ : ऐसा नहीं चलेंगा।

माला : कैसा?

जगन्नाथ : ऐसा ही—अण्णा नहीं, मैं। अच्छी तरियां समज ले।

माला : (**व्यंग्य से हंसकर**) तो मैं भी किदर आई हूं?

जगन्नाथ : पन तू काम ओई करती है। मैं...मैं तेरे को प्यार करता हूं और तू मेरे को ऐसे नीचा नहीं दिखा सकती। ये ठीक नहीं है।

माला : तो मुझको ठीक वाली बात बता दे?

जगन्नाथ : (**सोच में पड़कर—एक क्षण चुप के बाद**) हम किसी और तरियां भी जी सकते हैं।

माला : वो-ई तो पूछती हूं—कैसे?

जगन्नाथ : कैसे भी...। पन् मैं ये नहीं सहूंगा!

माला : तब क्या सहेंगा—बताना तो? (**हंसती है**) तू माटी से प्यार करता है क्या?

जगन्नाथ : बहस करती है तू?

माला : तेरे को समझाती हूं।

जगन्नाथ : (**तिलमिलाकर**) तू मेरे को समझाएगी—स्साली...! अब रंडियों से मरदगी समझूंगा मैं! तेरी तो...

[झपट पड़ता है। कई थप्पड़ जड़ देता है। बाहर से कावेरी, अण्णा, बिरज, चिमन आदि आ जाते हैं। जगन्नाथ उसे और भी मारे जाता है। सहसा कावेरी उसकी कलाई हवा

में ही थाम लेती है।]

कावेरी : ऐय् स्साले...!

अण्णा : जगन्नाम...। ये क्या करता है तुम?

जगन्नाथ : **(चीखता हुआ)** दूर हटो...! बाजू से...! **(मुड़कर रोती हुई माला से)** मैं तेरी बोटी-बोटी खींच लूंगा। क्या समझा है तूने? ऐं?

कावेरी : अरे छोड़ बिसको...। तू क्या नोचेगा बोटी-बोटी...

[जोर से उसे माला के पास से खींचती है।]

कावेरी : ये तेरी जोरू है क्या...? बोल, कोण है तेरी...तू स्साला इसका क्या है? खसम है? बोटी-बोटी नोचेगा...उंह।

जगन्नाथ : मैं...? मैं क्या हूं इसका? ऐं? पूछ इसीसे कि मैं क्या हूं? क्या हूं मैं?

अण्णा : ओ सब ठीक है, जगन्नाथ! पर बिसको मारता क्यों है तू?

कावेरी : हमारे सामने बिसपे हाथ उठाताय तू? स्साले कुत्ते! निकल जा यहां से! इसी बखत...! इतनी जूतियां पड़वाऊंगी कि...

जगन्नाथ : हां-हां, चला जाऊंगा। इस रंडीखाने में रहूंगा ही काए को? **(थूकता हुआ बाहर जाता है।)**

कावेरी : **(सहसा साथियों पर बिगड़कर)** क्या देखने का...? इदर तमाश हुआ क्या? जाने का!... अपनी-अपनी जग्हा जाने का! लुच्चे नहीं तो!

रत्ना : पन्...पन् हुआ क्या आई। **(माला को संहलती है।)**

अण्णा : अपने को क्या मालूम?

कावेरी : होने का क्या...? बताता है स्साला कि दादा है...। गुंडा मानूस! इत्ती जूतियां...हरामी!

[माला कराहती है।]

कावेरी : दर्द होता है बेटी...? अबी सेंक करवाती हूं...

[जाती है।]

रत्ना : बहुत चोट आया अक्का?

कावेरी : **(छतरी की ओर संकेत करके)** इससे मारा मरदुए ने। कुतरा! **(अण्णा की ओर मुड़कर)** जरा मदद करो मेरे को।

[दोनों जाते हैं। रत्ना माला की चोटें देख रही है।]

माला : कहां जाती है तू?

रत्ना : दवाई की खातिर। खून आया है तेरे को।

माला : सुन। बिसकी फिकर छोड़!

रत्ना : क्यों?

माला : पहिले बिसकी देखने का ना—किदर गया?

रत्ना : किसे?

माला : जगन्नाथ को और किसको?

रत्ना : पग्गल हुई है तू? बिसको ढूढ़ती है, जिसने मार-मार के तेरा भुरकस निकाल दिया।

माला : देख लेना—मैं कह रही हूं।

[रत्ना जाती है। कावेरी आती है। अंगीठी लाई है। सेंक करने के लिए।]

कावेरी : बदमाश कहीं का...! हमारा दिया खाता है अन्...

माला : अब छोड़ ना, आई!...

कावेरी : **(आश्चर्य से)** छोड़ने का?...अरे, बिसको तो मैं वो मजा चखाऊंगी...स्साला नहीं तो! बिसकी सुलगाई है तू! कौन-सा अधिकार मानता है? काय को मारेंगा?

[जगन्नाथ आता है। रत्ना उसके पीछे।]

जगन्नाथ : **(माला से)** तेरे को ज्यादा तो नहीं लगी ना?

माला : नहीं, थोड़ी-सी खरोंच...।

कावेरी : ले, तू ही सेंक...। हम जाता है।

[झुंझलाती हुई जाती है। पीछे-पीछे रत्ना भी जाती है।]

जगन्नाथ : (**सेंकते हुए**) मेरे को गुस्से में बिलकुल ध्यान नहीं रहता।

[अण्णा मासूमियत से देखता है फिर जाता है।]

जगन्नाथ : अब बोलने का माला, तेरे को और किसी मरद के साथ ऐसे कैसे देख सकता हूं? बस उस हरामी शंकरराव को देखते ही मेरा वील होता है साले को... तेरे को कित्ती बार बोला—मेरे को वो मानूस बिलकुल पसंद नहीं। धरम से, तेरे को मारना थोड़े ही था मेरे को! पन...एक तरियां तेरी चोट मेरे की लगी है?

माला : दिखा, किदर लगी है? (**हंसती है।**)

[जगन्नाथ भी हंसता है।]

जगन्नाथ : मेरे में गलती हुआ है। मेरे को माफ कर दे।

माला : अरे किस बात की माफी मांगता है तू? सच्ची—मेरे को तो अच्छा लगा।

जगन्नाथ : हं? क्या?

माला : हां, अगर तू मेरे को पीटता नहीं तो मेरे को भोत गुस्सा आता। अबी पहली बार मेरे को पता चला कि कोई मेरा है। मैं बिसके अधिकार में हूं। बिलकुल ठीक किया तूने।

[जगन्नाथ सेंकता रहता है।]

माला : उफ्फ...! अब नहीं!

जगन्नाथ : सेंकने दे—आराम आ जाएंगा।

माला : नहीं, मेरी चमड़ी तलती है। अब तू सो जा...।

जगन्नाथ : सो लूंगा, पन् पहले तू सो जा।

माला : तेरी ऐसी प्रकृति मेरे को जमती नहीं। इसीलिए तेरे पे मेरे को चिढ़ होती है।

जगन्नाथ : चिढ़ तेरे को होती है, अन् पीटता मैं तेरे को हूं...

[दोनों हंसते हैं।]

दृश्य : अठारह

[कावेरी गुस्से में बिफरती हुई घूम रही है। बिरज एक बक्सा लेकर आता है। कावेरी उसे लपककर खोलती है। सहसा उसके जान में जान आती है। अण्णा उसे देख रहा है।]

कावेरी : गहना-जेवर इदर ही है। पन...मैं तेरे को बोली थीना अण्णा, वो स्साला रांगड़ा किसी रोज गुल खिलाएंगा—खिला गया! अबी दूसरे को क्या बोलने का। अपना दाम खोटा स्साला! बिसकी कुछ तो सोचने का था?

[अण्णा चारपाई पर बैठता है। चिमन आता है।]

कावेरी : कुछ पत्ता चला कि नहीं?

अण्णा : बस अड्डे पर पत्ता चला बिन लोक ने रात कूं नागपूर बस पकड़ी।

कावेरी : गहने-वहने तो नहीं ले गई, पन कुछ रुपया, कपड़ा-लत्ता ...

अण्णा : हो सकता है, बिनका घूमने की खातिर जी हुआ हो?

कावेरी : बोल के जाना था ना? मेरे को तो लगता है, जगन्नाथ ने लड़की बरगलाया...

अण्णा : रात के शो का क्या होएंगा अब?

कावेरी : रत्ना सम्हालेगी गाहक लोक को। थाने में रपट की या ना?

अण्णा : पुलीस को बीच में लाने से क्या बनेगा? एक बार इदर घुसा तो हरहमेस घसड़ा करता रहेंगा—पुलीस लोक ऐसा ही होता हैं।

कावेरी : बिसको छोड़ो। पन दोनों पकड़े जाएंगे ना?

अण्णा : तू मूरख है—वेड़ी? एकदम पगल! अबी जानती नहीं क्या, कानून बिन लोक का ही साथ देंगा। माला खरोखर बालीग है। अपुनी मरजी से कोई भी मरद के साथ रह सकती है। हम-तुम बिसका कुछ नहीं कर सकते, पन ओ लोक हम पे चढ़ाई करेंगा सो अलग, भीतर हाथ डालके रुपया निकालेंगा,

सो अलग!

बिरज : भूल गया अण्णा...ये भी साफ बोलने का। दरोगा लोक चूतड़ भी सकता है अन् हम जैसा पाल्टी फंस जाए तो रात्रि भी सेकता है।

अण्णा : (**गहरी सांस**) ठीक ,बोलताय, भाई! ऐसा ही चलता है।

[कावेरी रोने लगती है।]

अण्णा : (**दुःखी होकर**) अभी सबूरी से काम लेने का कावेरी! समझना, तुम बेटी पैदा नहीं किया, नागिन पैदा किया। तुम्हारी आत्मा को डसा बिसने...

दृश्य : उन्नीस

[रत्ना घुंघरू उतार रही है।]

मुकुन्दराव : मैं आ जाऊं रत्नाबाई?

रत्ना : आने का...आओ!...बैठो।

[रत्ना खड़ी हो गई है—दोनों खड़े हैं।]

रत्ना : वैठिए ना!

मुकुन्द : हां हां। तुम भी बैठो।

[दोनों बैठते हैं।]

मुकुन्दराव : आज मालाबाई नहीं दिखीं?

रत्ना : बिसको काम आ गया—बाहिर गई है।

मुकुन्द : बाहर?...पर मैंने तो सुना है कि वह संच छोड़कर भाग गई।

रत्ना : ऐसी बात तो मेरे को मालूम नहीं।

मुकुन्दराव : वैसे तुमने स्टेज को बहुत सम्हाला। दर्शकों को लगा ही नहीं कि माला चली गई है।

[रत्ना चुप है।]

मुकुन्दराव : रत्नाबाई, तुम बहुत अच्छी नाचती हो। जब से देखा है, जी चाहता है कि देखता ही रहूं।

रत्ना : (**शरमाकर**) मैं चाय लाती हूं...

मुकुन्दराव : नहीं-नहीं। मुझे तो अभी जाना है। इस वक्त मैं सिर्फ यह जानने आया था कि संच कहीं और तो नहीं जाने वाला?

रत्ना : अबी नहीं। कम-से-कम आठ दीवस रुकने का बिसका पाछू जिजुरी खण्डोबा के मेले को पुंरी गराम है।

मुकुन्दराव : (उठते हुए) चलता हूं। काल फिर आऊंगा। शायद बाद में जिजूरी भी पहुंचूं।

रत्ना : बिदर कोई काम है क्या?

मुकुन्दराव : काम? ...नही नहीं, काम तो कुछ भी नहीं। बस, उस बहाने... दर्शन भी कर लूंगा... मेरा मतलब है —खण्डोबा के दर्शन!

[मुकुन्दराव जाता है। रत्ना बंधा हुआ एक घुंघरू पुनः उतारने लगी है। कावेरा आती है।]

दृश्य : बीस

['माला आ गई!...माला आ गई!...' का शोर होता है। आगे-आगे जगन्नाथ है, पीछे-पीछे माला। उसका सहारा लिए हुए चल रही है। सब उसके पीछे जाते हैं। माला जाकर एक चारपाई पर लेट जाती है।]

अण्णा : अरे, थोड़ा हवा आने दो, भाई लोक!...बिसका तबीयत खराप लगता है।

कावेरी : तेरे को क्या हुआ?

माला : कूच् नहीं।

[कावेरी जगन्नाथ को घूरती है।]

जगन्नाय : उदर घूमने का खातिर हम लोक नागपूर गए थे। तबीयत हलकान हो गई इसकी।

कावेरी : हम लोक को माहिती क्यों नहीं दिया?

माला : तुम्हारे हा काय बात का माहिती देने का? सोचा—एक-दो दिवस में टोंक हो जाएंगा, पन् जास्ती बिघड़ गया।

[जगन्नाथ उसे पानी देता है।]

कावेरी : घूमने को जाना था तर...

रत्ना : बिसकी अबी आराम करने देने का आई! बाद में सवाल-जवाब करने का। अबी चली इदर से...

[कावेरी जाते-जाते जगन्नाथ की देखती है। उसकी दृष्टि में संशय है।]

कावेरी : जगन्नाथ, इदर आने का—कुछ मिलट के लिए...

[जगन्नाथ उसके पीछे जाता है।]

रत्ना : (**बड़बड़ाती है।**) अबी आई को सबूरी नहीं है। सारी पूछतांछ करेंगी।

[रत्ना माला का सिर सहलाती है।]

रत्ना : कैसा लगता है?

माला : टीक।

[चुप्पी।]

रत्ना : तू किदर गई थी?

माला : बोला ना—घूमने का खातीर।

रत्ना : मेरे को नहीं लगता। कुच् और लफड़ा है।

माला : न-न कुच् नहीं।

रत्ना : तू मेरे से छिपाती है?

माला : नहीं-नहीं, छिपाने का नहीं, पन...

रत्ना : पन क्या?

माला : तेरे से डर लगता है—इदर-बिदर कुच् बोल दिया तर...

रत्ना : तेरे को मेरा बिसवास नहीं, है?

माला : है।

रत्ना : तर?

माला : अबी मेरी बात तेरे को ठीक तरियां समझ में नहीं आई तर...

रत्ना : अक्कल नहीं है क्या मेरे में? बच्ची समझती है मेरे को? (**खड़ी होकर**) अबी देखने का अक्का! कित्ती बड़ी हो गई हूं मैं? अबी सब समझा है। आंख मारना, किसीको जमाना, झटका

मारना सब्ब!

माला : नहीं-नहीं, ये बात नहीं है।

रत्ना : तर?

माला : **(एक पल की खामोशी के बाद)** तेरे को पत्ता है—औरत लोक मां किस तरियां बनाता है?

रत्ना : हां, पत्ता है।

माला : तो समझने का। मैं नागपूर गई थी—अपने पेट के बच्चे को बाहर करवाने का खातीर।

रत्ना : **(चौंककर)** क्या मतलब?

माला : रत्ना!...अब हम मां नहीं बनना चाहती।... आंगू कब्बी बनेंगा भी नहीं। मैंने अपना आपरेशन करवाया है।

[रत्ना चुप आतंकित होकर बड़ी बड़ी बहन को देखती रह जाती है।]

माला : **(भरे गले से)** अबी हम किसीकी मां नहीं बनेंगा रत्ना!...कबी नहीं बनेंगा।... इस तरियां हमारे साथ ओ-सब खलास हो जाएंगा जो आई से मेरे तलक आया है, अन आई का पहले उसकी आई से बिस तक आया था...अबी हम ये लाइन तोड़ दिया है, रत्ना!...

[चुप्पी—और—उदासी]

रत्ना : **(गहरी सांस लेकर)** पोरगा था कि पोरगी?

माला : आकार नहीं लिया था बिसने। सिरफ मांस का पिंड!

रत्ना : पन माला, आई को घुस्सा थोड़े आने का था? तूने ऐसा काय को किया? तेरे को मां नहीं बनने का अक्का—तू कईसा औरत है? अन्... स्साला जगन्नाथ भी कईसा मरद है—बिसकूं बाप बनने का जी नहीं है? बिसने अईसा करवाया?

माला : हम दोनों सोचा था।

रत्ना : क्या?

माला : मेरे को कबी मां नहीं बनने का अन् जगन्नाथ को बाप नहीं

बनने का।

रत्ना : काय कूं?

माला : अपुना पेशा ही ऐसा है रत्ना! बिसमें पत्ता नहीं लगता कि बाप कोण है? अबी ये बच्चा का किसको पत्ता था–कोण का है? जगन्नाथ का, कि बिरज का, कि बेलापुरकर का?...

[रत्ना चुप है—गंभीर। सोच में।]

माला : अबी हमको जगन्नाथ मिला है रत्ना! प्यार मिल गया है। बस इत्ता ही भोत है। ये लफड़ेवाला बच्चा-बच्ची काय को होना?

रत्ना : पन...अक्का?

माला : पोरगी होने का पाछू बिसको भी हमारे सारखा पेशा करना? अन पोरगा होने का पाछू बिसको जगन्नाथ, बिरज कि अण्णा होने का...बेफालतू का लाइफ!...अब हम सारा लफड़ा मिटा दिया।

रत्ना : पन...अक्का!...

माला : तेरे को सच्ची बात जानने का था ना—तेरे को बताया! आगे कुच नहीं पूछने का रत्ना...कुच् भी नहीं। मेरे को कुच भी अच्छा नहीं लगता, अन् मेरे को सब अच्छा लगता...भोत अच्छा!....

[एकदम रोसे लगती है। रत्ना हत्प्रभ होकर खड़ी हो जाती है। अनबूझ-सी चली जाती है।]

दृश्य : इक्कीस

[रत्ना मेकअप कर रही है। माला उसे गौर से देख रही है।]

माला : रत्ना, इदर तू ज्यादा ही **मेकअप मारती है**!

रत्ना : (**चौंककर**) नहीं तो...ज्यादा किदर?

माला : ऐसे-ही नहीं बोला रत्ना! सच्चा बोला। पइले तू इत्ता कब सजाती थी अपने को?

रत्ना : नहीं, ऐसी कोई बात नहीं है अक्का!

माला : मेरे को बनाने का नहीं रत्ना! अख्खा लाइफ स्टेज पर बीता है। चींटी का जनमने से पंख निकलने तक सारा कादम्बरी हमको मालुम है।

रत्ना : क्या मालुम है?

माला : तेरे से ओ-मिलने आता है ना?

रत्ना : कोण?

माला : ओ-ई मुकुन्दराव।

[रत्ना होंठ काटकर लजा जाती है।]

माला : अबी हम लोक क्या ब्लाइंड हुआय? सब्ब देखता है। जिल्ले में जिदर-जिदर तेरा पुरोगराम होता है, ओ जाताय।

[रत्ना खामोश ही रहती है। मेकअप करते हुए गुनगुनाने लगती है।]

माला : बिसने जगन्नाथ से भी मेरे बारे में पूछा है।

रत्ना : क्या?

माला : अबी ये-ई कि बिसका पाछू तू किसीसे मिलती तो नहीं है?.. तेरा चरित्र कैसा है...ऐसी भोत-सी वार्ता...

रत्ना : आंगू?

माला : आंगू जगन्नाथ हमारे को बतलाया कि ओ बोलता है, तुम अन्य तमाशा-गर्ल का माफीक नहीं है। ऐसा बिसको लगता नहीं है (**हंसकर—उपेक्षा से**) अईसा बोलता है स्साला, जैसे हम लोक का सीर पे लिक्खा है कि हम लोक तमाशावाला औरत है। अबी है तो भी हम लोक कब छुपाया? है तो हैं! अबी देखने में तो टीक लगता है। सीदा-सादा। पन...तेरे को ठीक तरियां पहचाना है कि नहीं बिसने?

रत्ना : (**हैरानी से**) कैसे?

माला : (**हंसकर**) भोत मोटा चश्मा लगाता है ना—इसीलिए पूछा है।

[रत्ना नाराजी से मुंह मोड़ती है।]

माला : **(उसी तरह हंसती हुई)** अबी घुस्सा करती है?...मैंने तो अइसे ई पूछा है।

[रत्ना खामोश है।]

माला : रत्ना, बिसको तेरे से लगन करने का क्या?... कि तेरे को बिससे करने का?

रत्ना: **(मुंह बिचकाकर)** पत्ता नहीं मेरे को।

माला : मेरा मतलब है—कोनेच टाइम का लगन करने का? ऐक तो बिसके साथ घर बसाने का लगन, दुसरा अईसा कि तू इदर ही नाचती रहेंगी अन् उसका बच्चा लोक तेरी गोदी में होंएंगा... अईसा आई किया। हर तमाशावाला औरत लोक करता है।

रत्ना : अबी हमसे बिसका ऐसा कोई बात नहीं हुआ।

माला : बात होने का पहले तेरे को सोच लेने का ना?... अबी जैसा हम तुम्हारे को बताया कि एक तो ओ होताय जिसमें हम लोक संच में रहने का पाछू रोटी-रोजी करता है, अन् बच्चा उन लोक से पा जाताय। अन दुसरा लगन में ओ तेरे को पक्का करके घरवाली बना सकता है। तेरा बच्चा लोक का नाम का पाछू अपुना नाम जोड़ सकता है...जैसे माला भोंसेलै, रत्ना सावंत, बिगैरा-बिगैरा...(**हंसती है**।)

रत्ना : अक्का, मैं लगन करूंगी तो घर बसानेवाला—तमाशेवाला लगन नहीं।

माला : पन ओ करेगा कि नहीं? पक्का लगन बनाएंगा तर बिसको भोत मुश्कील जाएंगा। बिसका जातबिरादरी, बड़ा-बूढ़ा लोक बिसको घर-जात से बाहर करेंगा। अबी बिसको अन तेरे को ये बात भूलने का नहीं है कि ओ ऊंची जात का मानूस है, हम लोक तमाशावाला। हम खानदानी लोक का रखेली बन सकता है, घरु औरत लोक नहीं बन सकता।

[रत्ना चुप है।]

माला : बिसने कबी कुच् बोला क्या?

रत्ना : ज्यादा नहीं। एक बार फकत इत्ता बोला कि बिसको मैं अच्छी लगती। बिसका मन मेरे से लगन बनाने का होता है, पन...

माला : **(गंभीर होकर)** पन क्या?

रत्ना : आंगू कुछ नहीं बोला।

माला : तूने बिससे पूछा नहीं?

रत्ना : नहीं।

माला : क्यों?

रत्ना : मेरे को डर लगता है।

माला : किस बात का?

रत्ना : बिसने नाहीं कर दिया तब?

माला : कर देंगा तो क्या चोली खींच ले जाएगा स्साला? पूछ बिसने!

रत्ना : नहीं-नहीं।

माला : क्यों?

रत्ना : ऐसे ही।

माला : **(हंसते हुए)** अबी तू डरती है कि नाहीं करेंगा तर तेरा दील टूट जाएंगा? अरे, करेंगा तर कर देंगा! मैं बात करूं बिससे?

रत्ना : नहीं-नहीं।

[कावेरी आ जाती है।]

कावेरी : रत्ना, अबी परदा खिंचने का टाइम हुआ ना...कित्ती बेला करती है तू?

रत्ना : अबी आती हूं आई!

कावेरी : **(माला से)** अबी तेरी क्या हालियत है माला?

माला : कमजोर है। पन् खण्डोबा के मेले तक टीक हो जाएंगी।

कावेरी : मेरे को समझ नहीं आता—तेरे को हुआ क्या? बीमारी छुपाने से ठीक नहीं होता है।

माला : **(उपेक्षा भाव से)** अबी हमारा होने न होने से क्या फरक पड़ेंगा?

कावेरी : बहुत पड़ेंगा। तू नहीं समझती है, पर मैं जानती हूं, बहुत फरक पड़ेंगा। आखीर को धन्दा है...

माला : मालूम है।

कावेरी : तुम दोनों बेन लोक जरा जोर मारो तो अपना पाल्टी के पास बरस होने तक एक टराक खरीद हो जाएंगा।

[दोनों उत्तर नहीं देतीं। कावेरी जाती है। दोनों एक-दूसरे को खामोश नजरों से देख रही हैं।]

माला : रत्ना, हम तुमको एक अक्किल का बात बताती है। जर मुकुन्दराव तेरे को घर बसाने का लगन करने को बोले तर आई को जरा भी नहीं बोलने का। सब घड़भड़ करेंगी ओ।

[रत्ना सोच में पड़ जाती है।]

माला : सोचती क्या?...अबी स्टेज पर जाने का ना?

रत्ना : **(जैसे उसे याद हो आता है)** हां? हां-हां...

दृश्य : बाईस

[जगन्नाथ तबले को ठोक-पीटकर ठीक कर रहा है—सुर मिला रहा है। रत्ना आती है।]

रत्ना : माला किदर है?

जगन्नाथ : बाहिर।...बिधर नई लावणी तैयार करती है।

[रत्ना उसे देखती रहती है—फिर उसके सामने आ बैठती है। जगन्नाथ उसकी ओर ध्यान देता है।]

रत्ना : भोत दिवस से दील में एक बात है।

जगन्नाथ : **(उसी तरह तबला थपथपाते हुए)** बोलने का ना।

रत्ना : तुम अईसा कुतरा का माफीक जिन्दगी इधर क्यों जीता है—जगन्नाथ?

[जगन्नाथ चौंककर रत्ना को देखता है।]

रत्ना : दर रोज तुमारे को आई गाल्ही देता है। दर रोज तुम्हारे को माला अक्का ब्लाइंड करती है...

जगन्नाथ : (**गंभीर होकर**) क्या मतलब?

रत्ना : मतलब ये कि ओ रंडीपना करती है। कबी ओ बुढ़ा बेलापुरकर बिसके पास आता है, कभी बिरज नम्बर लगाता है...ऐ सब तुम कैसा सहन करता हैं जगन्नाथ?

जगन्नाथ : (**उदास हंसी में हंसता है**) हमारे को भी तुमसे एक बात पूछने का है रत्नाबाई!

[रत्ना उसे देखती है।]

जगन्नाथ : तुम्हारी अक्का का दील हमारे पास है, हमारा बिसके पास... अन्बिसका बदन बेलापुरकर फाड़ता है, बिरज नोंचता है—कुतरा कोण है?

[रत्ना निरुत्तर हो जाती है।]

जगन्नाथ : बताने का ना—कुतरा कोण है?

रत्ना : पन तुम...

जगन्नाथ : हमारे को मालुम है, तुम क्या बोलती है?...पन इस पाइण्ट पर तुम्हारी अक्का अन हम कैई बार सोचा है। इदर से चला जाएंगा, क्या खाएंगा, किदर रहेंगा...रत्नाबाई—जरा हमको बतलाने का?

रत्ना : पन्...

जगन्नाथ : ये एक संस्कृति है रत्नाबाई...इस संस्कृति में तुम्हारा अण्णा है हम है...ऐसा भोत लोक है। पइले भी था, अबी भी है। इस संस्कृति में रोटी, दील और जिसम का घपला हुआ है। स्साला पत्ता नहीं पड़ता—कोण चीज राइट है? दील?...कि जिसम?

[रत्ना उठ पड़ती है।]

जगन्नाथ : माला बिदर ही है...

[रत्ना उत्तर नहीं देती—चुपचाप चली जाती है।]

दृश्य : तेईस

[सामान बांधा जा रहा है। एक ओर सामान बांध रहे बिरज से मुकुन्द पूछता है।

बिरज एक ओर संकेत करता है—मुकुन्दराव रत्ना के पास पहुंचता है।]

मुकुन्दराव : (**आश्चर्य से**) संच आज ही जा रहा है?

रत्ना : उदर दो दीवस पहले खण्डोबा-दर्शन करने का है ना?

[मुकुन्दराव कुछ पल सोचता रहता है।]

मुकुन्दराव : रत्ना?

रत्ना : (**रत्ना उसे देखती हैं**) हूं?

मुकुन्दराव : (**गहरी सांस लेकर**) मैंने अच्छी तरह सोच लिया है। मैं तुझसे लगन करूंगा।

[रत्ना चुप रहती है।]

मुकुन्दराव : तुझे कोई ऐतराज तो नहीं है।

रत्ता : लगन में?

मुकुन्दराव : हां।

रत्ना : कैसा लगन?

मुकुन्दराव : पक्कावाला। घर बसाने का लगन।

रत्ना : पर...नहीं-नहीं...

मुकुन्दराव : पर क्या?

रत्ना : डरती हूं, कहीं...

मुकुन्दराव : डर कैसा?

रत्ना : बस, लगता है।

मुकुन्दराव : वही पूछता हूं—किस बात का?

रत्ना : पत्ता नहीं, पन्...?

मुकुन्दराव : कावेरीबाई का डर लगता है? (**कुछ सोचकर**) तुम बालिग हो रत्ना! तुम्हें कोई नहीं रोक सकता। सरकारी कानून है। गौरमिण्ट का लिक्खा है कि बालिग आदमी अपना मालिक

आप होता है। उसको कोई नहीं रोक सकता।

[चुप्पी]

मुकुन्दराव : तुम सोच-समझकर मुझे बतलाना।

[चुप्पी।]

मुकुन्दराव : सोचना...

रत्ना : मेरे को क्या सोचना है?

मुकुन्दराव : यही कि मैं तुम्हें पसन्द हूं या नहीं।

[रत्ना लजाकर एक पल उसे देखती है, फिर उसके पैर छू लेती है।]

मुकुन्दराव : अरे-रे...यह क्या करती हो?

रत्ना : घरु औरत लोक ऐसा ही करती है।

मुकुन्दराव : **(एक क्षण उसे देखता रहता है)** ठीक है। फिर मैं थोड़ी देर बाद आता हूं। हम यहीं मंदिर में लगन करेंगे। सारे गांव-खेड़े के सामने। आता हूं थोड़ी देर से। अब तुझे कहीं जाना नहीं है।

[तेजी से जाता है। रत्ना उस दिशा में देखती है—आशा-भरी नजर से।]

दृश्य : चौबीस

[सामान बंधा रखा है। कावेरी, बिरज, चिमन, अण्णा, माला, रत्ना आदि खड़े हैं। कुछ अन्य चेहरे भी।]

कावेरी : संच की औरत होकर तू लगन करेगी? तू इस माफीक सोचती है? अरे, पग्गल! लगन हमने भी किया, पन हम दड़बे में बन्द नहीं हुई। अपना काम किया। ये तमाशा चलाके तुम लोक कूं पाला। रत्ना, आदमी को ले-के घर में बन्द हो जाने का लगन दुसरा होता है अन् अपून लोक का लगन अलग तरियां का होता है। संचवाला लगन। तमाशेवाली औरत घरु औरत नहीं होती ... उसका धन्दा अलग टाईप का है!...ओ अलग।

रत्ना : औरत औरत सब्ब एक बरोब्बर!

कावेरी : (**उपेक्षा से हंसती है**) एकदम बोगस है तू। मूरख!...पीणे का पानी और नहाने का पानी अलग-अलग होताय—इत्ती बात तेरे मगज में नहीं आती, पीणे के पानी से स्नान करते हैं क्या? अन स्नान के पानी से प्यास बुझती है क्या? पानी दोनों—पर दोनों का गून अलग!

रत्ना : तुम भूलती हैं आई—पानी का धरम एक होता है। असल बात—धरम!

कावेरी : (**अण्णा से**) अबी तुम इसको समझाने का अण्णा...ये बच्ची है।

रत्ना : मेरे को क्या समझाने का?

कावेरी : तूने भोत बड़ा फैसला किया है रत्ना, पन हम बुढ़ी औरत है। तेरे को बतलाती है—समझ से काम लेने का! जल्दीबाजी से नुकसान होता है।

रत्ना : मैंने खूब सोच लिया है। आखीर तलक।

[सब बदहवास हैं। कावेरी परेशानी से सबकी ओर देखती है। कुछ हताश दीखती है, फिर खुद को कठोर करती है।]

कावेरी : ठीक है...तूने सोचा होएंगा, पन मैंने तेरे को जनम दिया है। मेरा अंश है तू' मैं तेरे को खड्डे में नहीं गिरने दूंगी। अभी देखूंगी तू कसे लगन करेगी?

रत्ना : आई! अभी मैं बालिग हो गई हूं। कुछ भी कर सकती हूं।

[कावेरी पुनः परेशान हो जाती है। सभी सिर झुका लेते हैं। सहसा कावेरी के स्वर में नमी आती है। समझाते हुए।]

कावेरी : मेरे को भी तेरी उमर में भोत बढ़िया-बढ़िया सपना आता था रत्ना, मैं भी तेरी तरियां सोचती थी—घर बसाऊंगी। बच्चा लोक होएंगा। शिक्षा लेंगा, एक-दो मरद लोक धूंड भी लिया था, पन ओ मरद लोक हमारे को समजाया कि हम पग्गल है। मूरख.. अन हम अपने बिलकुल टेम पे समझ लिया कि सब सपना अपून लोक का नहीं। अपून लोक का खातीर सिरफ तमाशा...**टोपीवाला**, चश्मेवाला, फेंटेवाला...बस!

अण्णा : रत्ना, तेरी आई टीक बोलती है...

रत्ना : अण्णा, तुम भी हमारे को ऐसी बात बोलता है? आई की तरियां? (**वह रुआंसी हो जाती है।**)

[जगन्नाथ आता है। उसके हाथ में एक पैकेट है।]

जगन्नाथ : मुकुन्दराव बाहिर है। कहता है—चलने का। बिसने मन्दिर पे सब बन्दोबस्त कर लिया है।

रत्ना : बिससे बोलने का, रत्ना आती है।

[रत्ना और कावेरी—एक-दूसरे को एक पल खामोशी से देखती हैं। सहसा रत्ना पल्लू माथे पर खींचकर कावेरी के पैर छुती है। कावेरी उसे बांहों से थामकर उसे उठाती है। एक क्षण देखती रहती है, फिर कहती है :]

कावेरी : रत्ना, अब तेरे को इकल्ले जाने की जरूरत नहीं मैं तेरी लगन करूंगी।

जगन्नाथ : पटेल को बोलने का—बाम्हन को इदर ही बुलाए। लगन इदर ही होएंगा...

जो हुआ, बिसको भूलने का। मेरे को भी भूलने का। इस संच को भी। अभी तुम ऊंची जात में जाता है। बिधर तुम्हारे को मान-सम्मान मिलेंगा। तुम मुकुन्दराव पटेल का बाईफ कहलाएंगा।

[सहसा आंखें पोंछते हुए—उदास खड़े अण्णा, बिरज, चिमन, माला आदि से]

कावेरी : अबी देखता क्या है तुम लोक? खुश हो जाओ। इस नरक से एक को छुटकारा मिलता है... पटेल भलामानूस है। बिसने हिम्मतवाला काम किया हैं!

[सब बाहर जाते हैं। पीछे-पीछे रत्ना और कावेरी।]

दूसरा अंक

दृश्य : पच्चीस

[मुकुन्दराव का मकान। वह रत्ना को पीठ से सहारा दिए हुए भीतर ला रहा है—धीरे-धीरे। रत्ना लड़खड़ाती है।]

मुकुन्दराव : (**चौंककर**) शिश्श् ऽऽ! धीरे! किसीको पता नहीं चलना चाहिए।

रत्ना : (**उससे अधिक चौंककर**) काए को?

मुकुन्दराव : तेरे को रास्ते में बतलाया था ना कि आज किसी को पता नहीं चलने देना है। कल जब खबर खुलेगी तो अपने-आप लोग पूछेंगे—मैं सबको समझा दूंगा।

रत्ना : घर वालों को भी नईं बताया तुमने?

मुकुन्दराव : नहीं। भाऊ यहां हैं नहीं...नागपुर गए हैं। लड़की की ठेकेदारी है उनकी। वहिणी सो रही होगी। उसको भी सबेरे ही बताऊंगा।

रत्ना : पन्...

मुकुन्दराव : यहां नहीं, उधर—भीतर चलके बात करेंगे।

[दोनों जाने लगते हैं। टीक उसी समय सखूबाई आ पहुंचती है। कमर पर हाथ रखकर व्यंग्य से :]

सखू : लगन किया है तो चोरी-छिपे आने की क्या जरूरत थी? गांव के पटेल हो तुम! मर्दों के मर्द कहलाते हो!

मुकुन्दराव : (**फुसफुसाकर**) वहिणी!...

सखू : मिमियाते क्यों हो? लगन ही तो किया है, रंडीबाजी तो नहीं की?

मुकुन्दराव : (**सिटपिटाकर**) वहिणी, जरा धीरज से काम लो। रात का वक्त है। सब सो रहे हैं। सुबह सबको बतलाऊंगा ही। बेशक लगन किया है, चोरी नहीं की, मगर सब कुछ बहुत जल्दी में हुआ। किसीको नहीं बतला सका, यहां तक कि तुमको भी नहीं...

सखू: सखूबाई उड़ती चिड़िया के पंख पहचानती है मुकुन्दराव! मुझे दो घंटे पहले ही मालूम हो चुका था सब कुछ...पर बात तो खुलेगी ही। अब फुसफुस करने से क्या लाभ? इसके बारे में उसी समय सोचना था, जब तुम इस अनसूइया को ला रहे थे...? उसी बखत अपने भाई, जात, समाज और बिरादरी का खयाल करना था...और... और (**आवाज कुछ भर्रा जाती है**) तुम मुझसे तो कहते थे कि कभी लगन ही नहीं करूंगा... क्योंकि...

[मुकुन्दराव घबरा जाता है। रत्ना सहमी हुई है।]

मुकुन्दराव : बहिणी, तुम अपने कमरे में चलो। पांच मिनिट बाद वहीं आकर तुम्हें सब कुछ बतलाता हूं...विश्वास करो...अभी आता हूं।

[मुकुन्दराव रत्ना को दूसरी ओर ले जाता है। सखूबाई होंठ भींचती हुई जाती है।]

दृश्य : छब्बीस

[सखूबाई का कमरा। सखूबाई पलंग पर औंधा मुंह किए हुए लेटी हैं। वह सुबक-सुबक कर रो रही है। मुकुन्दराव का प्रवेश।]

मुकुन्दराव : वहिणी?

[सखूबाई सिर्फ उसे देखती है—रुष्ट भाव से]

मुकुन्दराव : वहिणी!...जरा समझने की कोशिश करो...

[सखूबाई तकिये पर सिर डालकर उसकी ओर देखना बन्द कर देती है। मुकुन्दराव उसी चारपाई के कोने पर बैठ जाता है।]

मुकुन्दराव : वहिणी...एक-न-एक दिन तो मुझे लगन करना ही था। आखिर मुझे भी तो परिवार चलाना है। और फिर रत्ना मुझे जम गई थी। ये और तमाशेवालियों-जैसी नहीं है वहिणी!... खरी औरत है—एकदम घरु!

[सखूबाई सुबकती है। मुकुन्दराव उसका सिर हौले से सहलाता है।]

सखू : **(कौंधकर उठ बैठती है)** हाथ मत लगाओ मुझे!

मुकुन्दराव : वहिणी! मैं तुम्हारे दिल की बात समझता हूं, पर सोचा—समाज में हम लोगों का इस बात से मान बढ़ेगा कि मैंने छोटी जात की लड़की का उद्धार किया है। और फिर ताल्लुके का चुनाव भी सिर पर आ गया है। बेलापुरकर कितना बदमाश है—यह तुम जानते ही हो।

सखू : मुझे इस सबसे क्या मतलब है? मैं तो सिरफ यही कहती हूं—अपना वचन याद करो। उस दिन तुम्हींने बोला था ना कि तुम विवाह नहीं करोगे...

मुकुन्दराव : समझ से काम लेना चाहिए, वहिणी! मुझे जिन्दगी भर सिरफ इस गांव की पटेली ही तो नहीं करनी है? मुझे इस बार ताल्लुके का सभापति भी बनना है। चुनाव में इस बात पर छोटी जात के वोट अपने को ही मिलेंगे। मैंने बहुत सोच-समझकर किया है सब।...मारोती भाऊ को भी मैं समझा दूंगा।...

सखू : तुम्हारे भाऊ को तो तुम समझ लोगे, पर मैं क्या करूंगी? मेरे साथ तुमने...

मुकुन्दराव : वहिणी! आखिर मेरा-तुम्हारा...यह सब...**(परेशानी के साथ)** कब तक चलता?...जरा समझने की कोशिश करो—कैसे

चल सकता था? किसी दिन बात बाहर हो जाती तो...या फिर भाऊ को ही पता चल जाता...

[सखूबाई का चेहरा तमतमा आता है। तड़प उठती है।]

सखू : यह सब उस बखत नहीं सोचा था...? उस बखत तो हर बार यही कहा कि...

मुकुन्दराव : (**घबराकर इधर-उधर देखता है**) श्श्... वहिणी! (**गम्भीर और कुछ दृढ़ होकर**) आदमी बहुत-सी गलतियां करता है... पर समझदारी यही है कि गलती करे तो सुधारे...

सखू : (**कौंधकर मुकुन्दराव का कुरता पकड़ लेती है—दोनों मुट्ठियों में**) हमने गलती की थी?...जवाब दो, गलती की थी हमने?

मुकुन्दराव : (**घबराकर**) वहिणी...गलती की नहीं—हो गई!

सखू : अच्छा?...और अभी चार रोज पहले उससे भी पहले... हर हफ्ते...गलती होती रही थी? अक्कल घास चरने गई थी तेरी?

मुकुन्दराव : (**सहमकर**) वहिणी—जरा समझ से...

सखू : (**गिरहबान छोड़ती है**) खामोश!... (**उसकी सांस तेज-तेज चल रही है**) अब तू चला जा यहां से...पर भूलना मत, मेरा नाम सखूबाई है। और मैंने गलती नहीं की थी।

[मुकुन्दराव उठ पड़ता है। सिर झुकाए रुका रहता है।]

सखू : आज के बाद मेरा-तेरा सब खतम!...

[मुकुन्दराव चुप है।]

सखू : अब जा! यहां रुका किसलिए है?...जा संच की उस हंसिनी से चोंचें लड़ा—जाता क्यों नहीं?

[सखूबाई मुंह छिपा लेती है। मुकुन्दराव उसे एक पल देखता रहता है, फिर मुड़कर चला जाता है।

दृश्य : सत्ताईस

[मुकुन्दराव का कमरा। रत्ना सिकुड़ी बैठी है। मुकुन्दराव आता है। चारपाई पर बैठता है।]

रत्ना : क्या हुआ?

मुकुन्द : नहीं कुछ नहीं। यों ही।

रत्ना : कुछ तो?

मुकुन्द : मेरे सिर में दर्द हो रहा हैं।

रत्ना : लेटने का ना?

[मुकुन्द लेट जाता है।]

रत्ना : सिर दबा दूं? जास्ती होता है क्या?

मुकुन्द : हां।

[रत्ना सिर दबाती है।]

रत्ना : कुछ तसल्ली हुआ कि नहीं?

मुकुन्द : हो।

रत्ना : (**मुसकराकर**) और कोई जग्हा भी होता है क्या?

मुकुन्द : क्या?

रत्ना : पूछती हूं, और भी दरद होता है क्या? कोई और जग्हा?

मुकुन्द : नहीं।

[रत्ना दिल की ओर संकेत करती है।]

रत्ना : इदर नहीं क्या?

[मुकुन्द 'नहीं' कह कर करवट बदल लेता है। रत्ना उसे देखती है। जमीन पर लेट जाती है।]

मुकुन्द : उधर, किधर लेटती है? इधर आ!

[पलंग पर जगह बनाता है। अंधकार।

दृश्य : अट्ठाईस

[प्रकाश रसोईवाले हिस्से में है। सखूबाई एक बाल्टी में

बर्तन भरकर लाती है। रत्ना भी बाहर आती है।]

सखू : ऐ तमाशेवाली! आज से तेरा रोटी-पानी अलग। इस बाल्टी में मैंने तेरे लिए बरतन निकाल दिए हैं। चूल्हा अभी देती हूं। (**अंदर जाकर एक छोटा-सा चूल्हा ला देती है**) इस गिलास में मुकुन्दराव के लिए चहा है। क्योंकि चहा के बिना वह उठता नहीं है। कल से चहा तू ही बनाना।

[रत्ना चाय का गिलास उठाती है—कमरे में पहुंचती है।]

रत्ना : उठने का ना? चहा तैयार है।

मुकुन्द : रख दे।

[बाहर जाकर बर्तन-चूल्हा लाती है। आकर पुनः मुकुन्दराव को उठाती है। वह उठता है। रत्ना चाय का गिलास उसे देती है। मुकुन्द चाय सुड़कता है।]

मुकुन्द : ठंडी है।

रत्ना : मैंने तो बनाई नहीं।

मुकुन्द : क्या मतलब?

रत्ना : वहिणी ने बनाई। बिसने अपून लोक का बर्तन-चूल्हा अलग किया है। बोलती है—खाना अलग-अलग बनेगा। क्यों?... ऐसा काए को करती है वहिणी?

मुकुन्द : तू समझ नहीं सकती कि क्यों?

रत्ना : पन् तुम तो बोलते थे—बिसको समझा लोगे?

मुकुन्द : नहीं मानी ना। मैं तेरे लिए चहा-पानी का सामान मंगवा देता हूं। मालूम नहीं, कब, कौन मिलने आ जाए। महादू! महादू!...

[पुकारता है—महादू!... महादू!'... बाहर से आवाज आती है—'क्या है भाऊ?']

आवाज : क्या है भाऊ?

मुकुन्द : इधर आना जरा।

रत्ना : और तुम्हारे जात-बिरादरीवाले?

मुकुन्द : पता नहीं।

रत्ना : ये मेरे कारण होता है?

[महादू आता है।]

महादू : क्या है मुकुन्द भाऊ?

[महादू रत्ना को देखता है।]

मुकुन्द : ओहऽ, ये...ये तेरी भाभी है।

महादू : कब किया लगन?

मुकुन्द : ये सब बाद में पूछना।

महादू : भाऊ, इनको मैंने देखा है। बिधर...वहां...

मुकुन्द बात काटता है।]

मुकुन्द : पहले थोड़ी चहा-चीनी ला। कुछ लोग आने को है।

[मुकुन्द महादू को पैसा देता है। महादू जाते-जाते लौटता है।]

महादू : दूध के लिए बर्तन?

मुकुन्द : इसको एक बर्तन दे रत्ना!

[रत्ना उसे बर्तन देती है—महादू उसे घूरता हुआ जाता है।]

रत्ना : इदर घर में ढोर जानवर नहीं हैं क्या?

मुकुन्द : पहले थे, पर कौन देखता-भालता, इसलिए बेच दिए। अब दूध बाहर से ही आता है। खेती का भी यही हाल है। धरती कोई और जोत रहा है, हमको सिरफ दर-बरस पैसा देता है...। अच्छा, जरा बाल्टी दे। तेरे लिए पानी भर लाता हूं। और...और तू भी चल, तुझे कुआं दिखा दूं?

[रत्ना बाल्टी खुद हाथ में लेती है।]

मुकुन्द : अरे, मुझे दे ना! आज मैं ला देता हूं, बाद में तू ही भरना।

[दोनों जाते हैं। बाहर से आवाजें आती हैं।]

आवाजें : पटेल...! ओ पटेलजी...?

[बालाजी अन्दर आता है। फूल-पुड़िया सखूवाई को देता है।]

बालाजी : पटेल किदर है?

सखू : मुझे मालूम नहीं। उधर ही कहीं होगा।

[बालाजी कमरे के बाहर पुकारता है।]

बालाजी : पटेल...! पटेलजी...?

[मुकुन्दराव बाल्टी लिए आता है।]

बालाजी : पटेलजी, सुना है कि तुम लगन किया...? इदर ...मतलब, सारा गांव-खेड़ा बोलता है, तुम...

पटेल : हां—तो?

बाला : अरे बिन लोक का क्या! ओ-तो अइसेई बोलते अपून तो तुम्हारे को बधाई देने की खातिर आया। बड़ी दिलेरी किया तुमने...।

[एक माला निकालकर पहनाता है और दूसरी उसके हाथों में देने लगता है।]

मुकुन्द : तुम ही अपने हाथ से उसे देना बालाजी...! रत्ना! ओ, रत्ना?

[रत्ना आती है।]

मुकुन्द : ये है बालाजी...बालाजीराव। अपने यहां फूल देने आता है। इसके हाथ से माला ले ले। (**बालाजी से**) बालाजी, तू अपनी जात-बिरादरीवालों को भी बतलाना कि मैंने कित्ता बड़ा काम किया! मैं जल्दी ही उनकी मीटिंग भी करनेवाला हूं। आगे से हमारे लिए एक फूल-पुड़िया और..

बाला : अच्छा.. अच्छा!

[बालाजी जाता है। मुकुन्दराव बाल्टी उठाकर कमरे में आता है।

रत्ना : जरा सुनने का...? तुम ऐसा काम काए को करता है कि हमारे से लगन बनाके तुम कोई मोठा काम किया है? इससे मेरे को बार बार लगता है कि हम बहुत छोटा हुआ है...एकदम छोटा!

[मुकुन्दराव चुप है। बात बदलता है।]

मुकुन्द : मुझे बाहर जाना है। लोगों से मिलना-जुलना है। चलता हूं...

महादू से बोल दूंगा, तुझे खाने के लिए कुछ ला देगा। मैं बाहर ही खा लूंगा। घबराना मत! अच्छा?

[जाता है।]

दृश्य : उनतीस

[रत्ना शृंगार कर रही है—महादू आता है। एक पल ठिठका हुआ उसे देखता रहता है। रत्ना जैसे ही मुड़ती है—महादू अकारण ही घिघियाई-सी हंसी हंसता है।]

रत्ना : क्या है?

महादू : अइसेई...तुम्हारे को कुच् मंगाने का है क्या?

रत्ना : नहीं। दोपहरी को बिनने बोला था कि सभी सामान लाएंगे।

महादू : फिर भी...कुच् छोटा-मोटा?

रत्ना : दोन दीवस से सामान बाहर से ही आता है। ओई लाते हैं... छोटा-मोटा बी। तुम...? बैठो। बैठने का।

महादू : (**बैठता है। हथेलियां मसलते हुए**) रत्नाबाई...? नहीं-नहीं, वहिणी...?

रत्ना : (**मुसकराकर**) क्या है?

महादू : एक बात बोलने का?

रत्ना : क्या?

महादू : तुम्हारा लगन हुआ है ना?

रत्ना : हां। (**हंसती है।**)

महादू : काय को किया?

रत्ना : ये कईसा बोलता है तुम...? औरत लोक लगन को बनाता है? जानता नहीं क्या?

महादू : पन...?

रत्ना : पन क्या?

महादू : पन से स्साला गांव-खेड़ा का लोक खराफ है!

रत्ना : (**चौंककर गम्भीर होती है**) क्यों?

महादू : अइसेई...स्साला उलटा-सुलटा बोलता है।

रत्ना : क्या बोलताय ओ लोक?

महादू : अब क्या बोलना तुम्हारे को...पन ये लोक स्साला...! ऊंह।

रत्ना : फिर भी बोलने का...? बताने का ना, क्या बोलताय ओ लोक?

महादू : बोलताय, तुम सारखा लोक का लगन होना क्या, अन् नईं होना क्या—सब एकसार दवा!

[रत्ना उदास हो जाती है। चुप है।]

महादू : पन् हम इस माफिक नहीं सोचता। अभी तुम्हारा मुख देखने का बाद हमको लगता है कि सब ठीक हुआ है...ये लगन भी, अब तुम्हारा सब काम...। खरोखर ठीक हुआ है।

[रत्ना चुप ही रहती है।]

महादू : रत्नाबाई...? नहीं-नहीं, वहिणी?

[रत्ना उसका चेहरा देखती है।]

महादू : हम तुम्हारे को तमाशे में देखा है...भोत बार देखा है। छुप-छुपके देखा है। घर का लोक नहीं जानता, पन तुम्हारे को हमने विसी बखत देखा है। भोत फोर्स है तुम्हारे में...। तुम्हारा कंठ भी सुरीला है। वाह-वाह...!

[रत्ना नजर झुका लेती है। उदास हो गई है।]

महादू : वहिणी?

रत्ना : हूं?

महादू : अबी एक बात बोलने का—मानेंगा तुम?

रत्ना : बोलने का।

महादू : (**इधर-उधर देखते हुए**) बिस गाने का दो बोल तो सुनाने का, हमारे को—यो-यो रे पाहुणा, बरा दिसतो...।

रत्ना : (**रत्ना उठ पड़ती है। गहरी सांस लेकर**) नहीं! अब नाच-गान कुच् नहीं!

महादू : (**फुसफुसाकर**) अबी डरने का नहीं। इदर कोई नहीं आएंगा...

[रत्ना रुष्ट, क्रोधित निगाहों से उसे देखती है —महादू सहम

जाता है। उठते हुए]

महादू : अच्छा ... । हम जाता है...

[रत्ना उत्तर न देकर सामान वगैरह ठीक करने लगती है। महादू और सखूबाई का आमना-सामना होता है। वह आ रही है।]

महादू : कोई काम होने का तर हमारे को बुलवाने का...अच्छा?

[जाता है। मुकुन्दराव आता है।]

रत्ना : भोत देर किया तुमने?

मुकुन्द : हा।

रत्ना : क्या हुआ?

मुकुन्द : जात-बिरादरी वाले हल्ला कर रहे हैं...

रत्ना : तो?

मुकुन्द : तो क्या हुआ? और लोग भी हैं। छोटी जातवाले लोग तो मेरे को देव मानते हैं।

[रत्ना उसे देखती है।]

मुकुन्द : आज वहिणी से कोई बात तो नहीं हुई ना?

रत्ना : उदर आंगन में जाने पे मेरे को धूरती है—बस् फकत-इतनाच्!

मुकुन्द : अगर वह कभी कुछ वोलें तो उन्हें जवाब मत देना।

रत्ना : अच्छा!

मुकुन्द : चिन्ता मत कर। थोड़े दिन में सब ठीक हो जायगा भाऊ को आने दे।

रत्ना : **(संकोच के साथ)** मेरे को घर से तो नईं हकालेंगे?

मुकुन्द : ऐसे कैसे निकालेंगे? घर में हमारा भी हिस्सा है। और ऐसा बोला भी तो हम लोग कहीं और रह लेंगे।

[रत्ना चुप है।]

मुकुन्द : आज...आज तू जंच रही है—गुड़िया जैसी। पता नहीं तमाशेवालों के यहां तू कैसे पैदा हुई?

[रत्ना हंसते हुए]

रत्ना : अबी हम बिदर पैदा हुआय तो क्या है—कबी-कबी घर में भी तमाशेवाला औरत पैदा होता है ना...?

अइसा भी तो होताय?

मुकुन्द : क्या मतलब?

रत्ना : कुच् नईं..। अइसेई, हम हंसी कियाय।

मुकुन्द : आगे से ऐसा नहीं करमा! ये बातें मुझे नहीं जमतीं। उस दिन भी तूने पूछा था—दर्द कहीं और तो नहीं है। ये सब तमाशेवाले डायलाग हैं। इन को छोड़ना पड़ेगा।

[अंधकार]

दृश्य : तीस

[प्रकाश। मुकुन्दराब सोया हुआ है। रत्ना कुछ काम कर रही है। एक आवाज।]

आवाज : मुकुन्दराव?

रत्ना : तुम्हारे को कोई बुलाता है...।

आवाज : मुकुन्दराओ...!

रत्ना : कोण होएंगा—इस बखत?

मुकुन्द : भाऊ...! वही लगता है।

रत्ना : जाने का ना...। कित्ती देर से बोमलते हैं ओ।

मुकुन्द : डर लगता है—पता नहीं क्या कहें?

आवाज : मुकुन्द ...?

मुकुन्दराव : (उठते हुए) आया भाऊ...! हे गणपति...!

[मुकुन्दराव जाता है। रत्ना बिस्तरा ठोक करती है। झाड़ू से कमरा बुहारती है। बालाजी आता है।]

बाला: ये फूल और ये चिट्ठी...।

रत्ना : किसकी है?

बाला : तेरी। कावेरीबाई ने मेरे को दी।

रत्ना : तेरे को?

बाला : हां। मैं तमाशा देखने गया था काल। ओ-तो हुआ नईं। मैंने बिदर बोला कि हमारे खेड़े के पटेल ने मेरे को चहा पिलाया।

पोहा खिलाया। अइसा मोहब्बत किया, जइसा मैं पटेल का परिवारजन हूं। (**हंसता है**।)

[रत्ना चिट्ठी पढ़ती है।]

रत्ना : एक काम करेंगा तू?

बाला : बोल?

रत्ना : ओ लोक इदर से संच उठाताय बिनको बोलने का कि इदर मैं टीक-टाक हूं—कुसल से।

बाला : (**जाते हुए**) हां... बोल दूंगा।

रत्ना : एक काम और...

[बालाजी रुकता है।]

रत्ना : काल से एक वेणी भी लाने का।

[रत्ना अंदर जाती है—कपड़े उठाती है। एक बाल्टी लेकर पीछे की ओर जाती है।

दूसरे कमरे में दृश्य होता है—केवल प्रकाश-परिवर्तन।]

मारोती : सखू की तरफ से मुझको क्षमा कर दो कि उसने ऐसा व्यवहार किया। इसमें उसकी गलती नहीं है। उसको लगा होगा कि खानदान की नाक कट गई। दूसरी बात ये भी समझ लो कि ये मत विचारना कि मैं नाराज नहीं हूं। लेकिन अब जो कुछ हो गया है, उसे सम्हालना ही पड़ेगा।

[मुकुन्दराव चुप है।]

मारोती : जात-बिरादरी में बात करनी पड़ेगी। पता नहीं कितने लोग इसको स्वीकार करेंगे, कितने नहीं। चुनाव के बारे में क्या करना है...? क्या सोचा तुमने?

मुकुन्द : ताल्लुके का चुनाव है, इसलिए मुझे सोच-समझकर ही चलना पड़ेगा भाऊ! चुनाव तो मैं जिल्हा परिषद् का ही लड़ूंगा। जीता तो ताल्लुके की मेम्बरशिप हाथ में रहेगी ही—आटोमेटिक! कुल नौ सीटें हैं। दो जिल्हा परिषद् की, बाकी ताल्लुके की।

मारोती : पर टिकिट तो किसी बड़ी पार्टी का ही चाहिए।

मुकुन्द : बड़ी पार्टी वाले यों ही टिकिट नहीं देंगे। उनकी अपनी लिस्ट भी कम थोड़े होगी? मैं तो इण्डिपेण्डेण्ट ही लड़ूंगा। इधर ताल्लुके में शिड्ल क्लास की तीन सीटें हैं—रिजर्व। एक जिला परिषद् की, दो ताल्लुके की। ताल्लुके के सभापति-चुनाव में वह सब मेरा साथ देंगे। बाद में किसी एक का वोट लेना बहुत मुश्किल बात नहीं है।

मारोती : तुम तो ऐसे कहते हो, जैसे तुमने जो सोचा, हो जाएगा...? मुकुन्द, ये राजनीति है। इस में जंगली नहीं, ट्रेण्ड कबूतर उड़ाए जाते हैं।

मुकुन्द : हां, भाऊ, राजनीति है। मुझे मालूम है। तभी तो मैंने ये कदम उठाया है...**(चोर नजरों से इधर-उधर देखता है—निश्शंक)** इधर के इलाके में तीस परसेंट हरिजन और मुसलमान वोट हैं। उनके तो मिलने ही चाहिए।

मारोती : कौन-से हिसाब पर सोचा है तुमने?

मुकुन्द : रत्ना के हिसाब पर...

[मुकुन्दराव शरारत से मुसकराता है।]

मारोती : हूं... **(सोचता हुआ)** शंकरराव मेरे पास आएगा — ये निश्चित है। चुनाव में मदद चाहेगा। उसके अहसान भी मुझपर बहुत हैं।

मुकुन्द : अहसान है तो क्या हुआ? तुमको भी तो उसने यों ही मदद नहीं दी थी...? जंगलात के तुम्हारे ठेके पर कुछ तो लिया ही था?

मारोती : बात उतनी आसान नहीं है...। खैर! वह सब देखेंगे। चुनाव की तारीखें कब की हैं?

मुकुन्द : बस छै महीने बाद...यही पन्द्रह-सोलह...

मारोती : हूं...**(सोचते हुए गहरी सांस लेकर।)**

मुकुन्द : अपनी बिरादरीवाले कित्ते परसेंट होंगे?

मारोती : उनके परसेंट पर उसी बखत सोचना था मुकुन्द, जिस बखत तुमने यह सब किया। पर ठीक है, इस बखत सोचो शंकरराव के बारे में...वह स्साला...पर खैर, यह भी छोड़ो इस बखत...

सुखू वाई किदर है?

मुकुन्द : शायद भीतर होगी।

[मारोती राव उठ पड़ता है। मुकुन्द राव साथ में।]

मारोती : तो,आओ। जरा सुनबाई से मिल लूं...? मजे बहू? हिन्दीवाले लोग बहू ही बोलते हैं ना?

मुकुन्द : **(मुसकराता हुआ)** हां...!

[दोनों दूसरे कमरे में जाते हैं। मुकुन्द दरवाजे के भीतर जाता है, फिर वापस लौटता है।]

मुकुन्द : लगता है, स्नान करने गई।

[इसी समय रत्ना बाल्टी लिए हुए आती है।]

मारोती : आरे, वाह...! अभी घर भी सम्हाल लिया, तुम्हारी सुनबाई ने...? अच्छा है, पर आज हम लोग...

[रत्ना के हाथ से बाल्टी लेता है। रत्ना संकोचवश खड़ी रहती है। सहमी हुई।]

मारोती : मैं मुकुन्द का मोठा भाऊ—मारोतीराव...

[रत्ना आगे बढ़कर पैर छूती है। आंचल सम्हालती हुई।]

मारोती : सौभाग्यवती हो...! खुश रहो...? **(पुकारते हुए)** सखूबाई...! सखू?

[सखू कुढ़ती हुई आती है।]

मारोती : हमारा घर संगठित होना चाहिए सखू बाई। खाना अलग नहीं बनेगा। और...और आज तो सुनवाई के हाथ का ही भोजन करेंगे।

[कनखियों से मुसकराता हुआ रत्ला को देखता है।]

रत्ना : **(संकोच से)** पन मेरे को तो रोटी-पाणी करना आता ही नई...? बढ़िया नई बईंगा?

[मारोती हंसता है। मुकुन्द और सखू उसे घूरते रहते हैं।]

दृश्य : इकतीस

[रत्ना और सखू रसोई मैं हैं। रत्ना चम्मच से पतीली में कुछ हिला रही है। सखू उसे घूरती है।]

रत्ना : क्या हुआ वहिणी?

सखू : कुछ नहीं।

रत्ना : नमक कित्ता?

सखू : **(व्यंग्य से)** तमाशे में नमक डालना नहीं सिखाया क्या?

रत्ना : बिदर रस्सा डालना शिकाते हैं वहिणी! **(हंसती है।)**

सखू : जबान मत चला! यह सब मुकुन्द के साथ ही किया कर। पता नहीं, कहां से ले आया...क्या देखा? चल सरक, जरा। **(आगे बढ़ती है)** मैं डालती हूं नमक।

[रत्ना एक ओर हो जाती है। सखू नमक डालती है। महादू आता है।]

महादू : भाऊ...! मुकुन्द भाऊ?

सखू : ये...ये महादू, किधर जा रहा है...? ऐयू, महादू?

महादू : क्या है?

सखू : किधर जा रहा था?

महादू : **(चोर नजरों से रत्ना की ओर देखता हुआ)** पूछने—कोई काम-धाम तो नहीं है?

सखू : कुछ नहीं है।

महादू : तेरे से नहीं पूछ रहा हूं! ...

[रत्ना उसे देखती है।]

सखू : तू क्या देखती है इधर-उधर?... **(महादू से)**आगे उसी बखत आया कर, जब मुकुन्द घर में हो।

महादू : अच्छा! **(गुस्से में जाता है।)**

[रत्ना उसे जाते हुए देखती है। उसे कड़वाहट का यह व्यवहार अच्छा नहीं लगता।]

सखू : अरे, उसे उतार क्यों नहीं देती!...भाजी जल'जाएगी।

[रत्ना पतीली उतारती है। अंगूठा जल जाता है। अगूठा मुंह में डालती है।]

सखू : अरे, ऐसे भुन नहीं गई तू?

[रत्ना पानी मेंहाथ डालती है।]

सखू : अरे-अरे!...सारा पानी खराब कर दिया? (**झुंझलाती हुई उठती है**) यहां ये झूटा-मीटा नहीं चलेगा। बदल उस पानी को। दूसरा ला!

[रत्ना बाल्टी उठाकर बाहर जाती है।]

सखू : (**बड़बड़ाती हुई**) हुंह!...खाना...बना-ए गी-ई...!

[सखू रसोई मैं बर्तन ठीक करने लगती है। सामान सम्हालती है। मुकुन्द आता है।]

मुकुन्द : अत्ना-अ्?

[उत्तर न पाकर रसोई में झांकता है।]

मुकुन्द : रत्ना किधर है वहिणी?

सखू : उधर—पानी लेने गई है।

[चुप्पी। मुकुन्दराव इधर-उधर देखता है]

मुकुन्द : अब भी नाराज हो?

सखू : मुझे किस बात की नाराजी?

मुकुन्द : उस दिन भी तुम्हें समझाया था...

सखू : और मैं समझ गई थी। क्यों?...

मुकुन्द : ऐसे क्यों बात करती हो?

सखू : तब कैसे करूं?... (**उठते हुए**) अभी रत्ना आती है, वह थाली परोस देगी...

[जाने लगती है। मुकुन्दराव रोकता है।]

मुकुन्द : मुझे तुमसे बात करनी है।

सखू : क्या?

मुकुन्द : कुछ करनी है, पर यहां नहीं।

सखू : ठीक है।

[सखू जाती है। रत्ना आती है।]

रत्ना : भाऊ नईं आए क्या?

मुकुन्द : वह बिरादरी में गए हैं...

[रत्ना बाल्टी रखती है।]

मुकुन्द : जल्दी से थाली परोस!

रत्ना : जल्दी है?

मुकुन्द : हां-अ्! ...अभी दूसरे गांव जाना है—लोगों से भेंट भलाई करने।

रत्ना : अच्छा।

[रत्ना थाली आदि लगाने लगती है। फिर तेजी से अंदर जाती है। बालाजी आता है।]

बालाजी : पटेल!...पटेलजी?

मुकुन्द : क्या है?

बालाजी : रत्नाबाई किदर हैं?

मुकुन्द : क्यों?

बालाजी : ये...ये लाया हूं। बिनकी आई ने भेजा है।

मुकुन्द : ये क्या है?

बालाजी : साड़ी।

मुकुन्द : **(उदासीनता से)** रत्ना!...

[रन्ना आती है।]

मुकुन्द : ये साड़ी ले-ले। तेरी आई ने भेजी है।

बालाजी : **(साड़ी देता हुआ)** कावेरीबाई ने बोला है—खुश रहने का। अन् आशिर्वाद भी दिया है।

रत्ना : टीक है।

बालाजी : और...और ये रही—वेणी!

[कभी मुकुन्द और कभी रत्ना को देखता हुआ जाता है। मुकुन्द उस दिशा में देखता रहता है। रत्ना साड़ी देख रही हैं।]

मुकुन्द : इन दो पईशे के लोगों को सिर पे मत चढ़ा। बाद में बहुत आगे बढ़ आते हैं...इनसे व्होट लेना अलग बात है और...

[रत्ना अनसुना करके भीतर जाती है। अंधकार।]

दृश्य बत्तीस

(मुकुन्दराव गंभीर बैठा हुआ है और मारोती लापरवाही से—निश्चिंत।)

मारोती : क्या सोच रहे हो?

मुकुन्द : कुछ नहीं।

मारोती : (**व्यंग्य से हंसकर**) सोच रहे होगे—भाऊ ने कितने बड़ा होकर कितनी छोटी बात सोची है। क्यों?

मुकुन्द : (**संकोच से**) नहीं-नहीं, ऐसी बात नहीं है, पर... पर लगता है कि ओछी बात होगी...

मारोती : (**जोर से हंसकर**) ओछी?...

[मुकुन्द चौंककर भाऊ को देखता है।]

मुकुन्द : क्या हुआ भाऊ?

मारोती : (**हंसी थामते हुए**) सोच रहा हूं, तुम राजनीति में ओछी-नीची बात की बात कह रहे हो?... (**एकाएक गंभीर होकर**) तुम क्या समझते हो मुकुन्दराव, चुनाव ऐसे ही लड़ा जाता है?...

[मुकुन्द हैरत से मारोती का चेहरा देखता रहता है।]

मारोती : ऐसा करो—तुम नाम कापस ले लो। जीतने दो शंकरराव को... तुम्हारा काम सिर्फ पंच हो जाना है, वही करो...

मुकुन्द : (**चौंककर**) क्यों?

मारोती : इसलिए मुकुन्दराव कि तुम कीचड़ में बैठकर हवन करने वाले पंडित बन रहे हो? इसलिए कि तुम सोचते हो कि राजनीति और नैतिकता का कोई सम्बन्ध है? इसलिए कि तुम्हारा खयाल है, शंकरराव की बदबू के खिलाफ तुम अपनी बड़ी बातें करके महक फैला लोगे?...तुम जैसों का काम राजनीति नहीं है, मुकुन्दराव! वर्धा का आश्रम है।...पर मुझे तो लगता है, तुम आश्रम भी नहीं चला सकते। आश्रम चलाने में क्या कम पालिटिक्स होती है?

[मुकुन्दराव हतप्रभ हो जाता है।]

मारोती : एक बात तुमसे पूछूं?

[मुकुन्दराव भाऊ का चेहरा देखता है।]

मारोती : तुमने रत्ना से लगन किसलिए किया है...जरा जानूं तो?

मुकुन्द : (**हड़बड़ाकर**) वह तो...वह तो तुम जानते ही हो भाऊ!

मारोती : एक बार कोढ़ बदन पे उगाने के बाद तुम स्वस्थ होने का डोंग किसलिए करना चाहते हो?

मुकुन्द : नहीं-नहीं, मुझे डर नहीं है भाऊ, पर सोचता था कि शंकरराव की पर्सनल लाइफ...आखिर वह भी अच्छी जाति का आदमी है। कभी एक ही पार्टी में हमारे साथ भी रहा है...मगर...फिर उसीकी वजह से मैं पटेल बना था...

मारोती : था?...पालिटिक्स में—था' नहीं होता। जो कुछ होता है, सिर्फ है...'है'! वर्तमान! तुम अपनी पटेली की बात करते हो पर क्या मुझे उससे कम फायदा पहुंचा है? ये सारे ठेके, सारा जोड़-तोड़ उसीका करवाया हुआ है...पर राजनीति भी एक टेंडर है, यह न तुमको भूलना है, न मुझे। और निश्चिंत रहो, शंकरराव भी नहीं भूलेगा।

मुकुन्द : पर भाऊ, वह भी हमें लेकर पर्सनल गंदगी उछाल सकता है।...

[मारोती फिर हंस पड़ता है।]

मारोती : तुम बहुत भावुकता से सोच रहे हो...

मुकुन्द : वह...वह कुछ भी कर सकता है, भाऊ!

मारोती : और हम कुछ भी नहीं कर सकते?

मुकुन्द : पर...

मारोती : हिन्दुस्तान की राजनीति में छोटी से बड़ी कुर्सी तक देख लो—भावुकता वोटर का काम है, निर्लज्ज क्रुरता राजनीति का। झूठ और छल उसके आभूषण हैं। तुम्हें चुनाव जीतना होगा तो वोटर बनकर नहीं, नेता बनकर जीतना होगा...

और नेता बनना है तो वह सब करना होगा, जो, दिल्ली के तख़्त की खातिर होता है। फर्क यही रहेगा कि तुम जिल्हा-स्तर के झूठ बोलोगे, गांवस्तर का छल करोगे, जबकि देश-स्तर पर उतना ही बड़ा झूठ बोला जाता है, उतना ही बड़ा छल किया जाता है।

मुकुन्द : **(गंभीर होकर)** तुम भूलते हो भाऊ, क्या वोटर को इस तरह जीता जा सकता है—वह विश्वास करेगा इस तरह के चरित्र पर?

मारोती : फिर वही पागलपन की बात!... मैंने कहा न यार!...वोटर भावुक है। वह एक से नाराज और पीड़ित होकर दूसरे को जीता जा सकता है, वह दूसरे से निराश होकर फिर से पहलेवाले को ला सकता है। एक पल में वह इमरजेंसी को भूल सकता है, दूसरे पल इमरजेंसी को याद कर सकता है।...वह उस बच्चे की तरह है, मुकुन्दराव! जो पल में रोए पल में हंसे।

मुकुन्द : **(मुसकराते हुए)** हां, भाऊ! शायद तुम ही कहते हो...

मारोती : तो, बस!...तुम्हें फालतू की बातों पर सोचना। छोड़ना चाहिए!..शंकरराव की जितनी कमजोरियां है जितने भ्रष्टाचार हैं, उससे दस गुने इस इलाके में बिखरा दो...साइंस हमारी मदद कर रहा है। माइक हमारे पास है, पैसा हमारे पास है, प्रोजेक्टर हमारे पास है, फिल्में हम ला सकते हैं। उसकी मीटिंगें ठप्प कर दो, नाचती एक्ट्रेसें दिखाओ। फिर देखो मजा...

मुकुन्द : यानी तुम चाहते हो भाऊ—वोटर का ध्यान अपनी ओर खींचा जाए। उसके बाकी बने समय में उसे बहलया-खिलाया जाए...यदि फिर भी कुछ सोचने का वक्त मिले तो वह सिर्फ शंकरराव के गलत पहलू पर ही सोच सके... यही ना?

मारोती : बिलकुल यही! बल्कि मैं तो कहता हूं कि तुम्हें झुनझुना हिलाने की कला आनी चाहिए—चुनाव आसानी से जीत लोगे।

मुकन्द : क्या मतलब?

मारोती : मतलब यह कि वाटर तुम्हारे सामने एक बच्चे से ज्यादा महत्त्वपूर्ण नहीं होना चाहिए। तुम्हें उसे खिलाकर, मनाकर, रिश्वत देकर, किसी तरह अपनी गोद में लेना है...मजा तो ये है कि तुम्हारा खाली झुनझुना भी इतना ताकतबर है और मोहक हो कि वह स्साला शंकरराव का पूरा आर्केस्ट्रा छोड़कर तुम्हारी गोद में आ चढ़े—तब होगी पालिटिक्स!...और इसी तरह जीता जाएगा चुनाव!

मुकुन्द : पर भाऊ, बच्चे खिलना आसान काम नहीं होता।

मारोती : **(मुसकराते हुए)** तो तुम क्या समझते थे अब तक?... अगर हर किसीको बच्चे खिलाना आता होता, तो हर कोई इस देश के तख्त पर न बैठ गया होता? इस देश में जो सबसे ज्यादा माहिर होगा, वह नेता बनेगा...फिर तुम तो अभी बहुत छोटे लेबिल की राजनीति कर रहे हो। सिर्फ जिले के बच्चों को वहलाना-फुसलाना है...जरा गर्दन उठाकर दिल्ली की तरफ देखो—इसी देश मे वह-वह नेता पड़े हैं जिन्होंने ने पूरे देश के वोटर को ठीक इसी तर्ज में बहला रखा है...और जहां तक वोटर की बात है, पट्ठा बहल रहा है!

[मुकुन्दराव जोर से हंस पड़ता है। मारोती निश्चिंत भाव से मुसकरा रहा है।]

मुकुन्द : तब स्कीम क्या है भाऊ?

मारोती : **(सोचते हुए)** बड़ी जात के वोटों में ही गड़बड़ कर रहा है ना शंकरराव?

मुकुन्द : हां।

मारोती : तो उखाड़ो वहां से!

मुकुन्द : पर कैसे?

मारोती : झुनझुना नहीं है क्या तुम्हारे पास?

मुकुन्द : क्या हो सकता है?

मारोती : है।...तुम्हें मालूम नहीं है, पर मैं जानता हूं कि तुम्हारे पास एक छोटा-सा झुनझुना है।

मुकुन्द : क्या?

मारोती : बतलाता हूं...सुनो...

[मारोतीराव उसके कान के पास मुंह ले जाकर कुछ फुसफुसाता है—फिर मुंह हटाकर]

मारोती : कैसा रहेगा?

मुकुन्द : **(कुछ निराश होकर)** बेचारा बहुत बदनाम हो जाएगा, भाऊ!

मारोती : होने दो। जब तक वह बदनामी को पोंछे, तुम आराम से जिले के वोट झाड़ लेना। समझे कुछ?

[मुकुन्दराव चुप हो गया है—गंभीर।]

दृश्यः तेंतीस

[रत्ना और सखूबाई आंगन में काम कर रही हैं। पीछे दुछत्ती पर महादू दीखता है। वह रत्ना को एक कंकड़ी मारता है। रत्ना अनदेखा कर देती है। सखूबाई उसे देख लेती है। उसके देखते ही महादू कतराकर छुप जाता है। सखूबाई के दृष्टि हटाते ही महादू फिर से आंगन में झांकता है। भीतर से मुकुन्दराव की आवाज आती है।]

मुकुन्दराव : एक चहा तो बना रत्ना!

[रित्ना उठकर जाने लगती है। महादू पुनः कंकड़ी मारता है। ये कंकड़ी रत्ना को न लगकर सखूवाई को लगती है।]

सखू : **(तिलमिलाकर)** ये...ये क्या करता है?

[रत्ना मुड़कर चौंकती है।]

रत्ना : क्या हुआ वहिणी?

सखू : मेरे से पूछती है कि क्या हुआ...?

रत्ना : **(परेशान होकर)** पन्...?

सखू : बता, ये क्या चक्कर है? पूरे माह भर से देख रही हूं कि तेरे पीछे-पीछे काम पूछता घूमता है। छत पे चक्कर लगाता है... बता?

रत्ना : चक्कर?

सखू : **(तड़पकर)** बनती है? नटनी...! हमारे कुल में कोढ़ लगा दिया मुकुन्दराव ने! **(बोलते हुए पुकारती है।)** मुकुन्द...! ऐ मुकुन्दराओ...!

मुकुन्द : **(भीतर से आवाज)** क्या है वहिणी?

सखू : इधर आ जरा...! बाहर...!

[रत्ना सकपकाई खड़ी रह जाती है—मुकुन्द आता है।]

मुकुन्द : क्या बात है?

सखू : इसको पूछ—क्या चक्कर है महादू से?

मुकुन्द : **(रत्ना से)** क्या हुआ?

रत्ना : मेरे को क्या मालूम?

सखू : तेरे को नहीं तो क्या मेरे को मालूम...? अभी महादू छत्ती पे चक्कर लगा रहा था। फिर उसने एक कंकड़...दूसरी बार भी मारा—वह मुझे लगा। और कहती है—मेरे को क्या मालूम? इतने दिनों से देख रही हूं। आज बोलना पड़ा। ये तो कुल का नाम डुबोएगी...! विश्वास न हो तो देखो उधर—वह लुच्चा झांकता है?

[महादू छत से गायब हो गया है। मुकुन्द एक नजर उधर डालने के बाद रत्ना से]

मुकुन्द : ये सब क्या है?

रत्ना : **(रुआंसी होकर)** मुझे क्या पता?

मुकुन्द : फिर उसकी हिम्मत कैसे हुई...? तूने कुछ किया नहीं तो...?

रत्ना : मैंने कुछ नई किया...! मेरे को क्या करने का?

मुकुन्द : अरे, जा-जा...! तुम स्साली तमाशे वाली औरतों को खूब जानता हूं मैं!

रत्ना : **(रो पड़ती है)** जानता था तो मेरे को लाया काए को? बोलती हूं—मेरे को कुछ नहीं मालूम। ओई अपुना बाजू से गड़बड़ी करे तो मेरा क्या मिस्टेक है?

मुकुन्द : **(एक थप्पड़ मार देता है।)** चुप...!

[रत्ना लड़खड़ाकर गिर जाती है। साड़ी का कुछ हिस्सा पिंडली से ऊपर आ जाता है।]

मुकुन्द : इसे नीचे कर...! **(साड़ी की ओर इशारा करता है।)** टांगें नंगी करके स्साली सारे जमाने को दिखाती फिरती है। **(अपने हाथ से उसकी साड़ी नीचे करता है।)** मैं तुझे कूड़े से निकालकर यहां लाया। मेरी ही मिस्टेक हुई!

[रत्ना रो रही है। मुकुन्दराव उसकी ओर बढ़ता है।

मुकुन्द : साली को मालूम नहीं—खानदानी औरत किस माफिक रहती है? चल, अन्दर...! **(हाथ पकड़कर उठाते हुए)** चल्...! इस बार छोड़ देता हूं, आगे से अच्छी औरतों-वाली आदतें डाल...! बन्द कर रोना-धोना!

[रत्ना को भीतर ले जाते हुए बड़बड़ाता है।]

मुकुन्द : सचमुच मेरे से ही गलती हुई—पहले ही सोच लेना था...

सखू : **(व्यंग्य से)** अभी भी देर न हुई है...

[सखू भी जाती है—अन्धकार।]

दृश्य चौंतीस

[रत्ना रसोईवाले हिस्से में है। भाजी काट रही है। कुछ पल बाद सखू आती है।]

सखू : काटी?

रत्ना : हां, काट रही हूं।

सखू : मुकुन्द के भाऊ को जाना है। अभी काटी ही नहीं तो पकेगी कब?

रत्ना : अभी काटकर बनाए देती हूं...

सखू : फटाफट हाथ चला!

[तेजी से मारोती आता है।]

मारोती : सखू, खाना बना?

सखू : अभी रत्ना ने भाजी नहीं काटी।

मारोती : तू नहीं कर सकती थी?

सखू : मैं क्या-क्या करूं?

मारोती : तू हमेशा अपनी गलती दूसरे पर डालती है।

[सिखू भुनभुनाती हुई अन्दर जाती है। रत्ना चाकू से हाथ काट लेती है। सखू लौटती है। रत्ना की ओर देखकर, जिसने हाथ थाम रखा है।]

सखू : अब क्या हुआ?

रत्ना : अंगुली कट गई।

सखू : सावधानी नहीं रखती?

मारोती : क्या हुआ?

सखू : उसने अंगुली काट ली!

[मारोती रत्ना की ओर लपकता है। अंगुली देखता है। उससे लहू बह रहा है।]

मारोती : **(सखू से)** देखती क्या है? जल्दी से पट्टी-टिंचर ला!

[सखूबाई अन्दर जाती है। मुकुन्द आता है।]

मुकुन्द : रत्ना...! रत्ना? **(चौंककर)** क्या हुआ?

मारोती : इसने अंगुली काट ली।

मारोती : **(रत्ना से)** अभी बन्द नहीं हुआ ना?

रत्ना : नहीं।

[मारोती उसकी अंगुली अपने मुंह में डालकर चूसने लगता है। सखू पट्टी और टिंचर लेकर आती है। मुकुन्द खड़ा हुआ है। सखू और मुकुन्द एक-दूसरे को अर्थपूर्ण ढंग से देखते हैं। मारोती मुंह से अंगुली निकलता है।]

मारोती : ला, पट्टी-दवाई...?

[सखू वहीं सब रख देती है। मारोती पट्टी बांधता है।]

मारोती : बहुत कट गया। कैसे कटा ये?

रत्ना : चाकू से—भाजी काटने में।

मारोती : ध्यान से काम करना चाहिए।

रत्ना : आंगू से ध्यान करने का।

[रत्ना हौले से हंसती है। सखू और मुकुन्द गंभीर हो गए हैं।]

मरोती : अब जा यहां से, आराम कर...! मुझे नहीं चाहिए खाना।

[रत्ना उठती है। मारोती भी उठकर एक ओर रखा थैला उठाता है। बिना सखू की ओर देखे जाने लगता है।]

मुकुन्द : कब लौटोगे?

मारोती : जल्दी ही।

[मारोती चला जाता है। रत्ना जा चुकी है। मारोती भी अपने कमरे में पहुंचता है।]

मुकुन्द : **(एक पल घूरता है।)** भाऊ से ज्यादा चबड़-चबड़ मत किया कर! कोई देखेगा तो क्या सोचेगा?

रत्ना : क्या सोचेगा।

मुकुन्द : खराब सोचेगा—और क्या?

रत्ना : खराब क्या?

मुकुन्द : बहुत खराब। भाऊ मेरे से छोटा नहीं है।

रत्ना : बाकी धर-गिरस्ती में मीठे भाई नहीं होते क्या?

मुकुन्द : हां, होते हैं...

रत्ना : फिर?

मुकुन्द : पर और घरों में तमाशेवाली औरतें नहीं होती। लोग समझेंगे कि...

रत्ना : **(बौखलाकर)** क्या तुम बेर-बेर तमाशेवाली-तमाशेवाली बोलता है!...तमाशे की औरत, औरत नई होती क्या?

मुकुन्द : होती है, पर वे सिर्फ औरतें होती है। और घरों मैं बहिन भी होती हैं।

रत्ना : जिन्हें औरत और बहिन में फरक करना नई जानता जो ई

लोक इस तरियां बोलता है!

मुकुन्द : मैं तेरे से जबान लड़ाने को नहीं कह रहा। बन्द करने को कह रहा हूं!

रत्ना : भूलने का नहीं पटेल जी! हम तुम्हारी किराये की औरत नई है...अब मेरे पे नहीं सहा जाता...

मुकुन्द : अपने को घरु औरत कहती है, पर तुझे मानेगा कौन?—लोक-लाज का ख्याल है तुझे?

रत्ना : जब मेरे पे बिसवास नई था तुम्हारे को, तो लगन काय को बनाया?

मुकुन्द : मिस्टेक?... मुझसे मिस्टेक हुई। अब ज्यादा मुंह मत लग। जैसा कहता हूं, वैसा करती जा। बस!

रत्ना : पन रोज-रोज इस माफिक मेरे को काय को सताते तुम लोक?... मैंने तुम लोक का क्या बिगाड़ा है?...तुम्हारी खातिर अपुना मां-बहिण छोड़ा, अन् तुम लोक ही...

[रत्ना रोने लगती है।]

मुकुन्द : चुप हो जा!...चुप?...

[बाहर से सखू की आवाज]

साखू : मुकुन्द! ऐय् मुकुन्दराओ?

मुकुन्द : आया, वहिणी!

[एक नजर रत्ना को देखकर मुकुन्द जाता है।]

सखू : क्या हुए उसे?

मुकुन्द : तुमने देखा ना—भाऊ से कैसे बात करती है?

सखू : मेरे को तो शक है कि तेरे भाऊ से उसने टांका भिडाया है...

मुकुन्द : शक तो मुझे भी है, पर साफ-साफ नहीं कहा है मैंने।

सखू : अजब मरद है तू?...महादु के मामले में मैं कुछ नहीं बोला। उसे निकाल बाहर क्यों नहीं करता।

मुकुन्द : यह सब नहीं हो सकता, वहिणी!...अभी तो फंस गया हूं। निकालूं तो मुश्किल, न निकालूं तो मुश्किल!...

सखू : मुश्किल कैसी?

मुकुन्द : बाहर जाकर कुछ बकेगी तो व्होटर बिगड़ जाएंगे छोटी जात वाले तो खिलाफ होंगे ही, बड़ी जात वाले तो खिलाफ होंगे ही, बड़ी जातवाले भी नहीं छोड़ेंगे!

सखू : तब क्या करेगा?...नागपूजा करता रहेगा क्या?

मुकन्द : अब तो चुनाव के बाद ही देखूंगा। हो सकता है, ये बदल जाए...

सखू : अरे, ये ऐसे नहीं बदलतीं। रंडी लोग हैं। इन लोगों को तरह-तरह का रक्त-स्वाद लगा होता।

मुकुन्द : सोच रहा हूं...

सखू : बाद में भी ये ऐसी ही हरकत करती रहेगी...फिर? फिर क्या करेगा तू?

मुकुन्द : इस बखत ज्यादा जोर नहीं दे सकता। वो भाग जाएगी। फिर इतना खरचा भी किया है। मुझे क्या मालूम था कि बादशाह बचाऊंगा तो वजीर पिट जाएगा। अब तो समझ में नहीं आता कि क्या करूं...

[सखूबाई स्नेह से उसे देखती है।
अंधकार।
प्रकाश होने पर रत्ना अकेली सो रही है—
मुकुन्द नहीं है। बालाजी आता है।]

बालाजी : फूल!...

[रत्ना बाहर आती है। फूल लेकर जाने लगती है।]

बालाजी : वेणी नईं होना क्या?...

रत्ना : नईं!.. आज नईं।

बालाजी : **(हैरान होकर)** क्यूं?

रत्ना : नहीं!...बोला ना तेरे को आज से वेणी नईं होना।

बालाजी : **(हंसते हुए)** कोई खराफ सपुना देखा क्या तुमने?...ऐं!... खैर, तुम्हारे को मालूम है,

तुम्हारी आई पास के ताल्लुके में संच लगाती है?

रत्ना : तो?

बालाजी : कुछ नहीं...अइसेई बोला। कोई खबर, खबर देने का है क्या... कोई चिट्ठी-पतरी?

रत्ना : नईं!

बालाजी : (**आश्चर्य से**) तुम्हारे को क्या हुआ रत्ना बाई?

रत्ना : कुछ नईं!...

[बालाजी हैरानी से मुंह बिचकाता हुआ बाहर जाता है। रत्ना अन्दर आकर बिस्तर ठीक करने लगती है। मुकुन्दराव आता है। लेट जाता है। रत्ना संकोच से खड़ी उसे एक क्षण देखती है।]

रत्ना : पटेलजी?

मुकुन्द : (**लापरवाही से**) हूं?...

रत्ना : हमारे गल्ती हुआ। माफ करने का।

मुकुन्द : (**उपेक्षा से करटव बदलकर**) ठीक है।

रत्ना : सबेरे जल्दी उठे क्या?

मुकुन्द : (**सकपकाकर**) हं?...हां-हां। वह...जरा काम से जाना था बाहर।

[रत्ना मुकुन्दराव के सीने पर सिर रख देती है।]

मुकुन्द : (**चौंककर करवट बदलता है।**) क्या करती है? सबेरे का टाइम है—कोई अच्छा लगता है ये सब?...जा-के नहा-धो!

दृश्य : पैंतीस

[मुकुन्दराव और मारोती आंगन में चारपाई पर बैठे हुए हैं। रत्ना एक थाली में दोनों के लिए चाय के प्याले रखकर लाती है। वह थाली पहले मारोती की ओर बढ़ाती है मारोती प्याला उठाती है—मुकुन्द घूरता है बाद में मुकुन्द उठाता है।]

मरोती : (**सिप लेकर**) अहा!... चहा जोरदार बनी है। अदरक डाला क्या इसमें?

रत्ना : हां!

[जाती है। मुकुन्द और मारोती प्यालों से घूंट लेते हैं, तभी दो हरिजनों का प्रवेश मारोती उन्हें देखते ही उठ पड़ता है। साथ-साथ मुकुन्द राव भी।]

मारोती : आओ, आओ...बिसनेजी। आओ—नमस्कार!

[वे नमस्कार करते हैं—आते हैं।]

मुकुन्द : नमस्कार!

बिसने : नमस्कार!

[दोनों एक ओर धरती पर बैठने लगते हैं।]

मुकुन्द : अरे-रे...यह, यह क्या करते हैं आप लोग?...यहां। बैठो ना।

[दोनों हरिजन ना-नुच करते हैं, किन्तु मुकुंदराव उन्हें बांह थामकर चारपाई पर लाता है। बड़बड़ाता हुआ।]

मुकुन्द : हद करदी आपने?

मारोती : रत्ना!... ऐय रत्ना!... दो कप चहा तो और ला!...(**एक हरिचन की ओर मुड़कर**) भई, हमारे यहां ये सब नहीं चलेगा—बिसनेजी! हम ये सब नहीं मानते। अगर यही मानेंगे तो फिर गांधीजी का नाम कैसे लेंगे? किस मुंह से लेंगे?

बिसने : यह...यह तो आपका मोठापन है, ठेकेदारजी! पन् हम लोग को तो अपनी जाति-हैसियत समझना चाहिए। क्यों भई, डोमड़े?

डोमड़े : हां, खरोखर!

मारोती : (**हंसते हुए**) तब हम बोलेंगे कि ये आपका मोठापन है...

[दोनों हाथ जोड़ते हैं—खुश होते हैं। रत्ना आती है। दोनों उसे देखते हैं।]

रत्ना : मेरे को बुलाया भाऊ?

मारोती : हां-हां!... दो कप चहा बना।...नहीं-नहीं, चार।

हम लोगों की भी चाह ठंडी हो गई। अब बिसनेजी और डोमड़ेजी के साथ ही पीएंगे—चार बना!

[रत्ना जाने लगती है।]

मुकुन्द : रत्ना, जरा रुको।

[रिस्ता रुकती है।]

मुकुन्द : ये अपने बिसेनजी और डोमड़ेजी हैं—इनके चरण छूकर आशीर्वाद लो!

[रत्ना दोनों को देखती है...फिर उनके पैरों की ओर हाथ बढ़ाती है। वे सकपका जाते हैं। हड़बड़ाकर बोलते हैं।]

बिसने : खुश रहो, खुश रहो बेटी!...

डोमड़े : सौभाग्यवती हो!...विठोबा तुम्हारे को सुखी रक्खे!

[रत्ना जाती है। मुकुन्द और मारोती प्रसन्न होकर इस सबको देखते हैं।]

मारोती : ये रत्नाबाई है...इसे पहचाना ना आप लोगों ने?

दोनों : हां हां...खूब पहचाना! आप लोक ने भोत मोठा काम किया है, ठेकेदारजी! अबी अस्पृश्य को अपने समाज में स्वीकार किया...भोत बड़ा काम है। सब हरिजन लोक ताल्लुके में आप लोक का वाह-वाह करता है।...आप लोक भगवान।

मारोती : नहीं-नहीं भाई! हमलोग साधारण मनुष्य...उसी तरह, जिस तरह आप लोग मनुष्य हैं। फर्क यही है कि हम ये मानते हैं कि मनुष्य-मनुष्य सब बराबर हैं। छूत अछूत कुछ नहीं होता। यह मनुष्य का आडम्बर है।...पर यहीं गांव में बहुत-से नेता लोग है—वह—जो करते कुछ हैं। बोलते कुछ हैं। इसी से गांधी दुःखी थे।

मुकुन्द : **(बात काटकर)** वह तो आज भी दुःखी होंगे भाऊ, असल में ढोंगी नेता लोगों ने गांधी-हत्या की! गोडसे ने उनका शरीरांत किया था, किन्तु ऐसे लोगों ने उनका विचारांत कर दिया!...

[दोनों हरिजन भावुक होकर, दोनों भाइयों को देख रहे हैं।]

मारोती : नहीं-नहीं, मुकुन्दराव, इस तरह नहीं सोचना चाहिए।!... महात्मा लोग उनके विचारों को, उपदेशों को अपने जीवन में उतारते रहेंगे, तो गांधीजी की नहीं मरेंगे...मनुष्यता भी कभी नहीं मरेगी।

मुकुन्द : पर भाऊ, वे लोग...जो कहते कुछ हैं, करते कुछ है...?'

मारोती : उनके बारे में विचार मत करो। बस अपना धर्म निबाहते जाओ। सेवा, मनुष्यता त्याग...ये सब। उसे जीवन में उतारो तुम देखोगे कि कितना सुख है। अब जैसे तुमने रत्ना ने लगन किया...और रत्ना ने इस घर में आते ही प्रमाणित कर दिया कि वह भी उतनी ही गुणवती है, जितना कुलीन समाज की कन्याएं होती हैं। आज घर में सब ओर आनन्द ही आनन्द है...तब क्या हुआ छोटे-बड़े का भेद?

[हरिजन प्रसन्न हो जाते हैं।]

बिसने : वाह-वाह!...क्या मीठें विचार हैं आप लोक के! अबी आप लोक सारखा नेता इस देश को मिलेंगा तब कल्याण होंएंगा।...अबी आप जो-जो बोला, ओ सब गांधी बाबा के बाद बाबा साहेब अम्बेडकर भी बोला, पन् हम लोक ने कुछ कियाच् नईं!

डोमड़े : खरोख्वर!

मुकुन्द : ऐसा नहीं है बन्धु! ...सब लोगों ने ऐसा न किया कुछ आज भी उनके बतलाए रास्ते पर कार्य कर रहे हैं, किन्तु वे कम हैं...जब तक हमारे देश के गरीब, हरिजन वर्ग से उनको ठीक तरह साथ नहीं मिलेगा—वे क्या कर सकेंगे? यह तो उन लोगों को सोचना होगा—जो एम०पी० चुनते हैं, एम० एल० ए० चुनते हैं, पंचायत, ताल्लुके का निर्णय करते हैं। यह काम उन्हें करना पड़ेगा। जब सही आदमी सही जगह

पहुंचेंगे तो सब ठीक होगा।

डोमड़े : ऐसा कबी होंएगा पटेलजी?

मुकुन्द : यह मुझसे पूछ रहे हो तुम?...इसका उत्तर आप लोगों के पास ही है डोमड़ेजी! मैंने रत्ना से लगन किया। सब बड़ी जातिवाले नाराज हो गए। हो जाएं...मुझे परवाह नहीं है। पर हां, मुझे उस समय दुःख अवश्य होगा, जब आप लोग भी सत्य को न समझें। उस बहकावे में आ जाएं जो वरसों से इस देश में परिजनों और अस्पश्यों को दिया जा रहा है।

बिसने : **(प्रभावित होकर)** अबी बहुत हो गया है पटेलजी, पन नक्की रखने का आंगू ऐसा नहीं चलेगा...आदमी को ठोक-बजाके व्होट दिया जाएंगा। अब, इसी चुनाव में आप लोक देखेंगे कि शंकरराव मुंह की बाजू से धूल चाटेंगा!...

डोमड़े : खरोख्खर

मारोती : भई, यही बातें आप लोगों की मुझे पसंद नहीं हैं। आप लोग हर काम आंधी में बहकर करते हैं। किसीको जिताएंगे तो आधी की तरह, किसीको हराएंगे, तो आंधी की तरह...अरे भाई, ये व्होट जो है आपका! छोटी-मोटी चीज नहीं है। इसका मूल्य समझना चाहिए। बहुत सोच-समझकर, ठंडे दिल से विचार करके आदमी को देना चाहिए!...अभी मुकुन्दराव ने आपको अपना विचार बतलाया और आप एकदम बोले कि शंकरराव को हराएंगे।...नहीं! ऐसे नहीं होना चाहिए। आप लोग ताल्लुके के हरिजन नेता हैं। आपको तसल्ली से सोचना है कि भई, चुनाव में शंकरराव भी हैं, मुकुन्दराव भी...हर चुनाव में ऐसे ही दो उम्मीदवार होते हैं। आप सोचिए, कौन-सा आदमी ठीक है। गांधीजी ने, अम्बेडकरजी ने, विनोबाजी ने जो कहा है—वह करता है या नहीं। मतलब अपने जीवन में उतारता है कि नहीं। तब व्होट दीजिए।

बिसने : सही बात है...ठेकेदारजी! सही बोलता है।

डोमड़े : हां, एकदम खरोख्वर!

[दोनों प्रभावित होकर समर्थन में सिर हिलाते हैं।]

मुकुन्द : हां, भाऊ! अब तक ये लोग इसी तरह व्होट देते हैं, अपने ही हरिजन भाइयों को विधान सभा, लोकसभा तक भेजते हैं और गड़बड़ होती है। सही काम नहीं होता, इसलिए कि सही आदमी पहुंचे ही नहीं। कौन करेगा काम?

मारोती : बिलकुल यही गड़बड़ है। अब ये जो पैंतीस साल से हरिजन भाइयों पर अत्याचार हो रहे हैं, उनके अधिकार मारे जा रहे हैं, छुआछुत पहले से ज्यादा बढ़ा दी गई है, यह सब क्यों हुआ है? आप ही बतलाएं, डोमड़ेजी, क्यों हुआ है?

डोमड़े : (**नासमझ भाव से देखता हुआ**) इसलिए कि हम लोक ने ठीक से व्होट नई दियाय...फैचाना ही नहीं कि कोण आदमी फालतू बोमलताय अन् कोण आदमी खरोखर बात करताय।

बिसने : हां, ये ई हुआय।

मुकुन्द : हां-अ्!...तो अब आप लोगों का काम है कि ऐसा न होने पाए। चाहे चुनाव पंचायत का हो, ताल्लुके का हो, पटेल का हो एम० पी० का हो, कि एम० एल० सी० का हो...ऐसा नहीं होने पाए।

दोनों : हां-हां, सही है...एकदम सही!

मारोती : खैर, मैं तो कल नागपूर जा रहा है। अब आप लोग बललाइए.. और यहां के क्या हाल हैं?

बिसने : टीक ही है।

मुकुन्द : ये अन्त्योदय योजना का कुछ हुआ कि नहीं...पिछली बार शंकरराव ने कहा था, कुछ करेवा...

[बिसने और डोमड़े एक-दूसरे को देखते है।]

डोमड़े : कईसा अन्त्योदय?

मारोती : ये एक बड़ा काम हुआ है। जिन लोगों के पास धरती नहीं है, गरीब हैं अछुत हैं—उन लोगों को पंचायतें, ताल्लुके सरकार से धरती दिलवाएंगे, कारोबार के लिए पैसा दिलवाएंगे...

मुकुन्द : इससे बहुत फायदा हो सकता है भाऊ! जब गरीब आदमी को काम, खेती सब मिलेगा तो फिर छोटे-बड़े का अंतर कम होना...अच्छी योजना हैं।

मारोती : मुकुन्दरा ओ...! योजनाएं तो सब अच्छी होती हैं पर लागू कौन करेगा? काम करनेवाला आदमी चाहिए। और काम कौन करेगा? जो गांधीजी की बात को माने, उसको अपने जीवन में उतारे...तब काम होगा। तब समाजवाद आएगा?

मुकुन्द : (**उदास होकर**) आखिर में बात वहीं आती है भाऊ...ये काम आखीर में अपने बिसनेजी डोमड़े जी वगैरा का है। ये लोग चुनाव में सावधान रहेंगे तो सब हो जाएगा...

बिसने : इस बार आप लोक नक्की कर लो साब!... शंकरराव को हम लोक का व्होट नईं मिलेंगा। भोत चरका दिया है बिसने!

[रत्ना चाय ले आती है। सब अपने-अपने प्याले उठाते हैं—सिप करने लगते हैं।]

दृश्य : छत्तीस

[रत्ना कमरे में बैठी है। मुकुन्दराव बाहर से आता है। रत्ना उठती है।]

रत्ना : थाली परोसू?

मुकुन्द : नहीं—भूख नहीं है।

रत्ना : चुनाव कैसा चलता है?

मुकुन्द : अभी थका हूं—फिर बताऊंगा। भाऊ नहीं आया?

रत्ना : नहीं।

मुकुन्द : पता नहीं, उसे यहां की चिन्ता भी है या नहीं। वहां जाकर

निश्चिंत हो गया है और...

[लेट जाता है—सिर दबाए हुए।]

रत्ना : दर्द होता है क्या ?...दबाने का ?

मुकुन्द : नहीं। ठीक हो जाएगा।

रत्ना : तुम्हारे को हुआ क्या आजकल ?...

मुकुन्द : क्या हुआ ?

रत्ना : तुम ठीक तरियां बात भी नईं करते ?... मैं तुम्हारी औरत हूं—लगन बनाया तुमने मेरे-से ?

मुकुन्द : अच्छा अच्छा, ठीक है। अब तू सो जां ! ...

रत्ना : पन् ?...

मुकुन्द : कहा ना—थका हूं। कल बात करूंगा।

[रत्ना उसके करीब ही एक मोर करवट बदलकर सो जाती है।

अंधकार।

मुकुन्दराव और रत्ना सो रहे हैं—सहसा मुकुन्दराव दबे पैरों उठता है और बाहर जाता है। रत्ना भी बाहर जाती है... उसके पीछे चोर-चाल में। एक पल बाद वह तेजी से दौड़ी हुई भीतर आती है। वह रुआंसी है। एक क्षण कुछ सोचती है। सहसा तेजी से बाहर निकल भागती है।]

दृश्य :सैंतीस

[प्रकाश। मुकुन्दराव कलाई से पकड़कर रत्ना को घसीटता भीतर लाता है। सखू भी आती है।]

मुकुन्द : मन्दिर तक पहुंच गई थी। चिल्लाई, पर मैंने मुंह दबा लिया। नहीं तो...

सखू : अकेली थी या...

मुकुन्द : अकेली।

[रत्ना जोर-जोर से सिसक रही है।]

सखू : अकेली नहीं जा सकती। जरूर किसी-न-किसी की शाह है। कोई साब नहीं होगा तो कहीं मिलने का वादा किया होगा उसने। मैं मान ही नहीं सकती। **(रत्ना से)** बता, कौन था तेरे साथ?

मुकुन्द : **(बाल पकड़ता हुआ)** बोल, कौन था तेरे साथ?

रत्ना : **(सिसकती हुई)** कोई नहीं...कोई बी नईं...

सखू : कमाल की हिम्मत है! अकेली ही भाग रही थी? बाहरी औरत!...

मुकुन्द : अच्छी तरह समझ ले—तू मेरी इज्जत नीलाम नहीं कर सकती। तू मर जाएगी, पर यहां से नहीं जा सकती। समझ क्या है मुझे? तेरे तमाशावालों को तो मैं जेल में सड़वा दूंगा, जिनके बूते पर तू ये सारे नाटक रच रही है...! याद रख, ये तमाशा नहीं, घर है!

रत्ना : **(रत्ना एक व्यंग्य-भरी दृष्टि से घृणा के साथ सखू को देखती है)** मेरे को मालूम है, ये कैसा घर है...?

मुकुन्द : क्या जानती है तू...? ये कैसा घर है?

रत्ना : फिर मेरे अन् वहिणी में फरक नई रहेंगा...बस, इत्ता भोत है कि मेरे को बिदर ही जाने दो, जिदर से मैं आई थी।

मुकुन्द : जाने दें ताकि हमारी आबरू धूल में मिलजाए...? तू तो क्या...तेरी तीन पीढ़ियां अब यहां से नहीं जा सकतीं...! तू इसी तरह रहेगी। ऐसे ही घर में ही रहेगी...अब तू मरकर ही निकल सकेगी यहां से! **(सखू की ओर मुड़कर)** वहिणी... जरा ताला-कीली तो दो मुझे...नहीं तो सत्तली फिर चम्पत हो जाएगी।

दृश्य : अड़तीस

[प्रकाश। मारोती और सखू बाई बातें कर रहे हैं। पास में मुकुन्द बैठा है।]

सखू : तुम्हें पता नहीं, वह कल रात भाग रही थी... भाग ही गई थी। वह तो विठोबा की कृपा कि मेरी नींद खुल गई और दरवाजा खुला देखकर मैंने मुकुन्द राव को जगा दिया...

मारोती : पर ऐसा कैसे हो सकता है?

सखू : हुआ है। यही हुआ है।

मारोती : अभी कहां है?

मुकुन्द : पीछे। कोठरी में बन्द है।

मारोती : ले-के आना उसे!

[मुकुन्द जाता है।]

सखू : तुम्हें विश्वास नहीं होता?

मारोती : होता है।

सखू : मुझे तो मुकुन्द पर तरस आता है। विचारा कहां फंस गया...

[मुकुन्द आता है। पीछे-पीछे रत्ना।]

मारोती : रत्ना, यह सब क्या सुन रहा हूं मैं?

[रत्ना चुप है—सिर झुकाए हुए।]

मारोती : तू भाग रही थी?

[रत्ना चुप रहती है।]

मारोती: क्यों?

[रत्ना उसी तरह खड़ी रहती है।]

मारोती : बोलती क्यों नहीं? तुझे यहां किस बात की कमी है? तुझे हमने इज्जत दी, अपना नाम दिया... फिर भी...

[रत्ना एकदम रो पड़ती है।]

मारोती : क्यों... रोती क्यों है? क्या तकलीफ है तुझे यहां?

सखू : बन रही है।

मारोती : इसे मारा है मुकुन्द ...?

[मुकुन्द चुप रहता।]

मारोती : मारेगे नहीं तो क्या पूजेंगे इसे?

मारोती : तुझसे नहीं, इससे पूछ रहा हूं।

मुकुन्द : पर भाऊ, ये भाग रही थी...

मारोती : इस तरह मारा जाता है...? क्यों भाग रही थी? बतलाओ, तुम्हीं बतलाओ—क्यों भाग रही थी?

मुकुन्द : इससे पूछो!

मारोती : तुझसे भी जानना चाहता हूं—क्यों भाग रही थी रत्ना?

रत्ना : ये...ये जब से मेरे को लाए हैं, समझते हैं, मैं तमाशवाली ही हूं... कोई...कोई कंकर फेंकता है, मेरे से जबरदस्ती आ के बोलता है तो बिसमें मेरा क्या कसूर हैं? इनको मेरे पे बिसवास नहीं है...

मारोती : ठीक है। इन्होंने भूल की है। हर तू भी याद रख —भले घरों की औरतें भागा नहीं करती हैं। जो हुआ, हो गया। आगे नहीं होना चाहिए...।

सखू : पर...?

मारोती : ठीक है! मैंने सब समझ लिया। (**रत्ना से**) चल, अब उठ! नहा-धो। कुछ खाया भी है कि नहीं?

[रत्ना चुप है।]

मारोती : सखू, इसके खाने का बन्दोबस्त कर!

[रत्ना जाती है।]

सखू : एक बात कहूं। जिस चिड़िया के पर निकल आए हों, वह एक-न-एक दिन उड़ेगी! और जब उड़ेगी तो हम लोगों की इज्जत...

मारोती : तो जाओ। खुद ही उसे छोड़ आओ।

मुकुन्द : ऐसा कैसे हो सकता है, भाऊ? सब किया-कराया...

मारोती : हो क्यों नहीं सकता? वह भाग जाए, इससे ज्यादा अच्छा तो होगा कि ख़ुद जाकर छोड़ आओ। चुनाव-मीटिंग में हाय जोड़कर कह देना कि गांधीझी झूठ कह रहे थे...

मुकुन्द : पर?

मारोती : अब पर-बर क्यों करते हो? खुद ही सांप के बिल में हाथ डाला है, अब कैसा पर?

सखू : क्या इज्जत रहेगी इस घर की?

मारोती : इस घर की इज्जत तो उसी दिन खत्म हो गई, जिस दिन इसे लगन करके लाए थे। अब जो किया है, उसका परिणाम तो भोगना ही पड़ेगा!

मुकुन्द : मैंने तो अच्छा ही सोचा था। मैंने सोचा था कि उसका उद्धार हो जाएगा और चुनाव में भी...

मारोती : मगर उससे बुरा तो तब होगा, जब हार जाओगे! वह अलग वातावरण से आई है, यह भी सोचना चाहिए। मुझे लगता है कि वो खराब नहीं है, पर अपना दिमाग फिट करने की बात है। जरा धीरज से काम लेना पड़ता है। राजनीति में कभी-कभी जहर भी पीता है आदमी...जाओ, उसे सम्हालो!

[मुकुन्द जाता है।]

मारोती : और तू भी सुन! वह नौकर नहीं है हमारी। बराबर का हक है। मुकुन्द ने लगन किया तो उसे मानना ही पड़ेगा।

सखू : मैंने क्या विष दे दिया है उसे!

मारोती : अच्छा व्यवहार न करना विष से कम है क्या?

सखू : मैं ही बुरी हूं!

मारोती : तू हमेशा उल्टी बात क्यों करती है?

सखू : ठीक ही तो कह रही हूं—मैं बुरी हूं!

मारोती: **(झुंझलाकर)** वाचाल है तू...अब जाके खाने को कुछ बना।

सखू : **(बड़बड़ाती हुई)** मैं पागल हूं...बुरी भी...!

[सखू जाती है।]

दृश्य : उनतालीस

[माला और जगन्नाथ आते हैं।]

माला : पटेल जी!...पटेल जी...?

[सखू बाई आती है।]

सखू : कौन हैं आप लोग?

माला : मैं—रत्ना की बोठी बहीण।

सखू : **(इशारा करके)** उधर है।

[माला और जगन्नाथ रत्ना की ओर जाते हैं।]

माला : रत्ना?

रत्ना : अक्का?

[दोनों बहनें गले से मिलती हैं।]

माला : कैसी है तू...? कैसी है...?

रत्ना : टीक...! आई कैसी है...? अण्णा...?

माला : दोनों ठीक हैं। तेरे को भोत याद करते हैं...

रत्ना : मेरे को भी याद आती है अक्का। जी होता है बिन लोक का दर्शन करूं।

माला : पटेलजी किदर हैं?

रत्ना : भीतर।

माला : मेरे को बिनसे नई मिलने का—क्या?

रत्ना : आ...!

[माला, जगन्नाथ को लेकर रत्ता के कमरे में आती है। मुकुन्दराव बैठा है।]

माला : राम-राम पटेलजी...

मुकुन्द : **(रूखे ढंग से)** राम-राम!

रत्ना : तू एकदम कैसे आई इदर?

माला : इत्ते दिवस हुए, तेरे को देखा नईं था ना! जी नईं माना, चली आई। वरना, अबी हम लोक अन तुम लोक के समाज में रिश्ता इत्ता ही है कि तू मेरी छोटी बहीण है—बस! पन...तेरे को भी तो कब्बी-कब्बी हमारे बारे में सोचने का रत्ना...।

रत्ना : नईं-नईं–ये बात नईं अक्का...!

माला : अबी तू बड़ लोक के घर की औरत हुआ है।

रत्ना : कुछ और बोलने का अक्का...?

माला : और खास कुछ नईं है। तेरे को सबी याद करते है। बोलने हैं, रत्नाबाई को लाओ।

[रत्ना सिर्फ हंस देती है।]

माला : अन आई भोत दयालु हुई है अबी।

रत्ना : सच्च?

माला : हां-अ्...! पन, तू भोत कमजोर हुई है रत्ना?

रत्ना : नईं-नईं...!

माला : पटेलजी खिलाते नईं क्या तेरे को...पटेलजी...!

[मुकुन्दराव रूखे ढंग से हंस देता है।]

माला : आप लोक का झगड़ा हुआय् क्या?

रत्ना : नईं-नईं, झगड़ा काहेका? इदर घर। संच नईं!

माला : तू टीक बोलती है रत्ना। संच की लाईफ एकदम अलग! दस लोक, दस बात...

[जगन्नाथ माला के कान में कुछ कहता है। माला उठ पड़ती है।]

माला : अबी हम लोक जाने का। जास्ती टेम हुआ है। पूना से तेरी खातिर कुच् रेवड़ी लाई थी। इस थैले में आई ने तेरी खातिर कुच् सामान भेजा अन्...ये कुच् नकदी भी...

[ब्लाउज से रुपये निकालकर रत्ना को देती है।]

रत्ना : पन्...?

माला : घर-वर नईं करने का! पता नईं अब भेंट कब हो...? (**मुकुन्दराव से**) अच्छा, पटेलजी...

[माला और जगन्नाथ कमरे से निकलते है। मुकुन्दराव रोकता है।]

मुकुन्द : आप लोग तो जानते ही हैं कि समाज में हम लोगों को रहना पड़ता है। लोग तरह-तरह की बातें करते हैं, तरह-तरह सोचते हैं। आप लोग अगर यहां इसी तरह आते रहेंगे तो...बात बढ़ेगी! मैं तो बुरा नहीं मानता, पर लोकलाज तो देखनी ही पड़ती है। अगर आप रत्ना से मिलना चाहें तो एक लिफाफा

डाल दिया कीजिए—मैं इसे दे दिया करूंगा।

माला : जी... **(आंखें छलछला आती हैं।)**

मुकुन्द : बुरा मत मानिए आप लोग। समाज में रहते हैं तो मनमानी नहीं कर सकते...थोड़ी बात उनकी भी माननी ही पड़ती है...

माला : मैंने आपकी दिक्कत समझ ली है पटेलजी! आंगू से कोई नहीं आएंगा—आप जमाखातिर रहो...! चलने का जगन्नाथ!

[दोनों जाते हैं।]

दृश्य : चालीस

[शंकरराव, कावेरी, माला, जगन्नाथ, अण्णा और लालाजी। शंकरराव चिट्ठी पढ़ रहा है।]

कावेरी : मुकुन्द और बिसकी वहिणी है पहले से ई टांका भिड़ा है। अबी रत्ना कुच बोलेंगी अन् ये लोक बिसको जान से मार देंगे! बिसने खुद अपुने सिर पर पत्थर मारा है। घरु औरत बनना मांगती थी, मूरख!

माला : जो हो गया, बिससे माथा फोड़ने पे क्या मिलेंगा आई? अबी सिरफ बिसको बचाने का तरकीब होना—बस!

शंकरराव : हां, बोलने का कावेरी, क्या करने का?

कावेरी : **(माथा पीटती हुई)** मेरे पास बताने को है क्या...? लोक को-ई सोचना है—किस तरियां निकालने का।

माला : आई, ओ भोत कमजोर हो गई है। तीली-सारखी! मेरे को पइलेई शक हुआ था कि कुछ घपला है।

शंकरराव : **(बालाजी से)** तूने बिसको पिटते देखा क्या।

बालाजी : नईं...! कबी नईं। मेरे को तो चिट्ठी पढ़ने का पाछू कावेरी अईसा बोला। बिसने मेरे को बतलाया, बिदर रत्नाबाई का क्या हाल होताय।... हां, पईले ओ रोजाना वेणी लेती थी, पन् अब कियाय।

शंकरराव : हूं...! तो गवाही भी तो नईं बनती?

कावेरी : गवाही...?

शंकरराव : हां, गवाही। मैं समझता हूं कि बिसपे बुरी बीत रही है। ऐसे मामले में हाथ डालने से पहले दस बाजू सोचना पड़ता है। मैं पूरी तरियां तैयार हूं, पन् कानून भी देखन का है। तुम्हारे को पत्ता नईं कि किसी औरत को बिसके घर से उड़वाना भोत बड़ा जुरम है। आंगू मामला कोर्ट-कचहरी में जाएंगा। जब जाएंगा तो दस-बीस बाजू से कानूनी दांव पेंच होने का। और इस बखत सिर पे चुनाव आ गया है। अबी तो बखत भोत खराब चलताय। इसमें हाथ डालने का मेरे को टाइम परमीशन नहीं देता। चुनाव में दिक्कत आएंगा।

कावेरी : कैसे?

शंकर : अबी साफ-साफ सुनने का क्या? मुकुन्दराव मेरा अपोजीट केंडीडेट है। मैं बिस को नीचा दिखाने का खातीर, बिसकी औरत को भगवाता हूं—ये पता होते ही मेरे को जीतना मुश्किल होएंगा। लोग दस तरियां दस बाजू से बात बोलेंगे...! दूसरी बात जरा ध्यान करने का। छोटी जात वाला लोक रत्ना के नाम पर बिसके साथ हुआय, पन अबी मोठी जात वाला सारा लोक मेरा साथ देताय। अबी मेरी बाजू से कोई घड़बड़ नईं होना...! उलट सकताय। इस बखत मेरे को माफी देने का। आंगू बिसको निकालना है—ऐ नक्की!

[कावेरी रोने लगती है।]

अन्ना: रोने का नई कावेरी, घबराने का नईं। कुच् रास्ता निकाल लेंगे अपुन लोक।

शंकरराव : अबी रत्ना को किसी तरियां अपून लोक निकालें, अन् बिससे पुलिस में रिपोर्ट डलवाएं कि मुकुन्दराव अन बिसकी वहिणी का टांका लगाय...तर बात नहीं बनेंगा क्या।

जगन्नाथ : पन् अण्णा...! इस मामले में भी पुलीशो लोक सबूत मांगेंगा। फिर मुकुन्दराव पटेल के घर से बिसको निकालना कोई हंसी-ठट्टा है क्या ओ एक बार बिदर से भागी है। ओ लोक बिसपे नजर रखते होंएंगे!

शंकर : कावेरी, दिल-दिमाग ठंडा करके सोचने लगा। अईसा रोने-धोने से काम नईं चलेंगा। मैंने तेरे को बोल दियाय, चुनाव होने का पाछू सब टीक हो जाएंगा...अबी कुल महीने भर की सबूरी करने का। चुनाव होताय अन् देखना फीर...? अबी जरा एक बात और समजने का। चुनाव पूरा होने तक रत्ना बिदर होएंगा, तर मेरा काम बनेगा। बिसमें बुरा मानने का नईं। राजनीति में सब चलताय।

[चुप्पी।]

कावेरी : चुनाव के बाद कबी काम होंएंगा?

शंकर : आंगूवाले महीने चुनाव है—पंचवीस तारीख को। बिसी दिन मौका निकालेंगे, अन अगले दिन फत्तह!

जगन्नाथ : पन् बिसको घर से निकालेंगा कोण?

शंकर : **(हंसते हुए)** तुम लोक आखीर में उझबक ही है ...अरे भाऊ, चुनाव खतम होने का पाछू रत्ना बिसके काम की नई रहेंगी! वो खुद बिसको हकालेंगा!

[कावेरी झुंझलाकर]

कावेरी : अईसा नईं हुआ तर?

शंकर : तर...? **(सोचते हुए)** फिर जरा ये भी सोच के रखने का। बिसको निकलने का है—बताने का खातिर कोण जाएंगा?

बालाजी : मैं अबी से-ई बिसको बताके बताके रखूंगा। पन विचार करने का। ओ घर से निकल आएंगी... फिर क्या बन्दोबस्त है?

शंकर : मैं अपनी जीप बिस बखत लगा दूंगा...

जगन्नाथ : टीक है...जईसा पंच लोक तय कियाय।

शंकर : (**बालाजी से**) क्या नाम है तेरा?

बालाजी : बालाजी...बालाजीराव।

शंकर : तूम हरीज़न माणूस है...तर जरा अपुनी जात का लोक कूं बतलाने का कि स्साला मुकुन्दराव सामाझीक क्रांति के नाम पर कईसा-कईसा दस बाजू से घपला कियाय।

बालाजी : तुम्हारे को छोटी जात का व्होट भी होना क्या?

[बालाजी हंसता है।]

शंकरराव : (**हंसते हुए**) तुम स्साला क्या समझेंगा...अबी जो चुनाव लड़ता है ना बिस कूं तो गरभ का भी वोट होना...। ये चुनाव है—फूल-पुड़िया नईं है देव का खातीर। समजा क्या?

[जगन्नाथ और बालाजी मुसकराते हैं। शंकरराव निर्लज्जता से हंसता है।]

दृश्य : इकतालीस

[रत्ना और मुकुन्दराव का घर। बालाजी और रत्ना।]

बालाजी : मेरे को तो पता नई था कि इदर तेरे साथ क्या क्या होताय। कावेरीबाई ने चिट्ठी पढ़के मेरे को बताया। उदर सब लोक ने फैसला कियाय कि जिस दिवस चुनाव खतम होंएंगा, बिसके आंगूवाले दिवस तेरे को इदर से भागने का। उदर गली के जीप तैयार होएंगा। बिसमें जगन्नाथ रहेंगा। तेरे को लेके फटाफट उदर लेके जाएंगा। चुनाव अगले महीने हैं—पंचवीस को...। अबी सब बात अपुने भीतर ही रखने का।

रत्ना : नईं...! अबी जाने का आइडिया मैंने केंसिल कियाय। बिनको बोल देना।

बालाजी : (**हैरान होकर**) अईसा कईसा बोलतीय तुम?

रत्ना : टीक बोलती हूं।

बालाजी : पन हुआ क्या?

रत्ना : मेरा बच्चा संच में अपुना लाईफ खराफ करे—ऐसा मेरे को नईं होना!

बालाजी : (आश्चर्य से) बच्चा...?

रत्ना : हां, बच्चा। हर कोई औरत मां बनताय। हम भी बनेंगा...बिस बाजू से भी मेरे को सोचना है।

बालाजी : पन तेरी आई अन माला तेरी खातिर चिन्तित है। शंकरराव भी फेवर करताय, अन तू...?

रत्ना : अब मेरे इदर से नईं जाना है। मैं जईसे बी होएंगा जियूंगी, पन ये कदीच नईं चाहूंगी कि मेरे बच्चे को घर नईं, संच मिले...!

बालाजी : पन?

रत्ना : अरे बोला ना तेरे को!

बालाजी : एक बार फिर से सोचने का...

रत्ना : हम सोचाय। सब सोच लिया।

बालाजी : टीक है। बोल दूंगा तेरी आई से। लेकिन बिस दिन जगन्नाथ आएंगा जरूर...! शायद बिस बखत तेरा मन बदल जाए।

[मुकुन्दराव पीछे से आवाज देता है।]

मुकुन्द : रत्ना-अ्...!

[बालाजी बाहर जाता है। रत्ना कमरे की ओर बढ़ती है। मुकुन्दराव आता है।]

मुकुन्द : किससे बात कर रही थी?

रत्ना : बालाजी से पुड़िया लिया है...देव की खातीर।

मुकुन्द : पन मैं पूछ रहा हूं, बात क्या कर रही थी तू?

रत्ना : कुच् नईं।

मुकुन्द : मेरे को चलाती है? बाज नहीं आई अपनी हरकतों से? बता, क्या बात थी...?

[मारोती लपका आता है।]

मारोती : क्या हुआ?

मुकुन्द : उस फूल वाले बालाजी से पता नहीं क्या फुसफुसा रही थी?

रत्ना : बोल दिया ना–कुछ बात नईं थी!

मारोती. : जब कह रही है कि कुछ नहीं तो फिर क्यों चिल्लाता है?

मुकुन्द : भाऊ, तुम बीच में मत बोलो...। (**रत्ना से**) मुझे सच-सच बतला दे नही तो...

रत्ना : हां, मैंने पीछू सोचा था कि भागूंगी...! पन आज मैंने बिसको नाहीं किया है। बिसको बोल दिया है कि मेरे को भागने का नईं। ये सब्ब अपुना बच्चे की खातीर सोचाय। मैं बिस को संच का लाईफ में में नहीं डालना चाहती! मैं बिसको इज्जत अन् मान देना चाहती हूं...घर-बार,समाज,... सब्ब! देख लेना, मेरे को किदर भी नईं जानाय...! मैं नईं जाऊंगी...! चुनाव के बाद जगन्नाथ मेरे को इदर से निकालने भी आएंगा, पन् मैं नईं जाऊंगी...

मुकुन्द : मुझे पूरा चक्कर बता...!

रत्ना : बिनते मेरी खातीर सब कुछ बन्दोबस्त कियाय। शंकरराव से बिनको जीप भी मिल जाएंगी' पन फिर भी मेरे को इदर से नईं जाना...!

[दोनों चौंकते हैं।

दृश्य : बयालीस

[मारोती और मुकुन्दराव।
एक ओर मालाएं रखी हैं। खुश हैं। मुकुन्दराव गले से एक माला उतारकर एक ओर रखता है।]

मुकुन्द : भाऊ! यह सब तुम्हारी वजह से हुआ है। शंकरराव को पालिटिक्स मैं कभी ऐसा मार नहीं पड़ी!

मारोती : राजनीति में जोड़तोड़ की इति कभी नहीं होती मुकुन्द! शंकरराव ये चुनाव तो हार गया है, पर अभी बहुत कुछ उसके हाथ में

है...तुमसे उसने हाथ मिला लिया है, पर यह मत समझना कि यह हाथ मिला रहेगा...यह रिश्ता तभी तक का है, इसलिए कि उसकी जीप फंस गई है। यह मत भूलना कि ताल्लुके में अब भी उसकी पार्टी के चार सदस्य हैं...तबकि चार ही तुम्हारे पास हैं। जिस पांचवें सदस्य पर सारा खेल होना है, वह शंकरराव के साथ भी जा सकता है और तब तुम यहां जीतकर वहां हार जाओगे।

मुकुन्द : पर भाऊ, मैंने सारा हिसाब लगा लिया है....

मारोती: (**हंसकर**) राजनीति का हिसाब मीटिंगों तक होता रहता है. वह कभी पूरा नहीं होता। ताल्लुके की नौ सीटों का कुल खेल बचा है। चार तुम्हारे हैं...चार शंकर के जो पांचवां इधर-उधर हो सकता है, उसको किसी भी तरह साथ लेना है...

मुकुन्द : फिर तो खेल हाथ में आया! उसकी व्यवस्था मैं कर लूंगा...उस पांचवें का एक इलाज है मेरे पास...

मारोती : पूरी बात सुनो...। बैलगाड़ी पर बैठकर राजधानी तक का सफर करनेवाला, हर मौसम का कपड़ा साथ लेकर चलता है...तुम्हारों तरह राजनीति में यात्रा की तो पहले पड़ाव पर ही सिकुड़कर मर लोगे! जो इलाजों से टूटकर आते हैं, उनके सहारे मंजिलें पार नहीं की जातीं। वह पांचवां सवार ज्यादा हरी घास के साथ दूसरी तरफ भी मुड़ सकता है। उसे साथ लो, पर सफर का भरोसा मत करो।

मुकुन्द : तब भाऊ?

मारोती : ताल्लुके के नौ सदस्यों के अलावा वहां तुम लोगों को एक महिला नामीनेट भी करनी है...उसके नामीनेशन में सतर्कता बरतो। कोशिश करो कि जाधव की औरत वहां चुन ली जाए... अगर जाधव की औरत वहां आई तो बड़ी जातवाले भी तुम्हारे फेवर में आएंगे...। और जाधव का अहसान भी चुक जाएगा...। पर यह भी तुम उसी हालत में कर सकोगे जब इस समय वह पांचवां सवार तुम्हारे साथ रहे। एक बार जाधव

की औरत को मनोनीत करवा लेने के बाद तुम्हें खतरा नहीं रहेगा...अगर चुनाव मैं पांचवां कतरा गया तो भी तुम जाधव की औरत के साथ ताल्लुके में पांच रहोगे...वह पांचवा अगर शंकर के ग्रुप से जा भी मिला, तब भी बराबर पर टक्कर दोगे और चुनाव नहीं हो सकेगा। एक बार बैलेंस पर मीटिंग खत्म करके फिर से जोड़तोड़ किए जा सकेंगे।

मुकुन्द : इसका मतलब है भाऊ, अभी रास्ता लम्बा है...

मारोती : जो रास्तों की लम्बाई पहचानते हैं, उनके लिए रास्ते लम्बे नहीं होते...। समझदारी यही है कि एक-दो दिन बाद ही इस नये मोरचे पर जुट जाओ...

मुकुन्द : आज से ही क्यों नहीं?

मारोती : **(हंसकर)** बेशक... पर आज तो चैन की नींद लो...।

मुकुन्द : **(उठता हुआ)** अच्छा, भाऊ...

मारोती : सुनो। इससे पहले कि रत्ना को सारी कहानी मालूम हो, तुम उसे पहले ही सब कुछ बतला दो और समझा दो कि अब इसे किस तरह रहना है...

मुकुन्द : अच्छा, भाऊ?

[मुकुन्द जाता है। रत्ना के पास पहुंचता है।]

मुकुन्द : रत्ना! चुनाव जीत लिया, पर सारा श्रेय तुझे जाता है।

रत्ना : बिठोबा की मरजी है। बिसको सब श्रेय।

मुकुन्द : खैर, अब मैं तुझे कुछ जरूरी बातें बतला रहा हूं। तू घरु औरत की जिन्दगी में आई है तो उसी तरह रह। यों भी बाहर के सारे रास्ते तेरे लिए बन्द हो चुके हैं...

[रत्ना चौंककर उसे देखती है—स्तब्ध।]

मुकुन्द : मैंने चुनाव तक बहुत सहा है तुझे, पर याद रखना, अब बिलकुल नहीं सहूंगा—मन मार कर रह हर दिन, इस घर से तू कभी नहीं जा सकेगी—वह सब बन्दोबस्त हो चुका है। तुझे भगाने के इरादे से आया जगन्नाथ, शंकरराव की

के साथ हवालात में है। उसे लम्बी सजा हो, बन्दोबस्त मैं कर चुका हूं। जिस संच की दम पर तू उछलती रही है, वह इस इलाके में अब कही नहीं आएगा...कल रात कावेरी और माला को संच में वेश्यावृत्ति करते पकड़ा गया है। उन्हें सिर्फ इतनी हिदायत दिलवाकर छुड़वा दिया गया है कि वे कभी इस इलाके में पर नहीं रखेंगे... ये सब मैं नहीं करना चाहता था, पैर देख रहा था, तेरे बहुत पर निकल गए हैं। जरूरी लगा कि उन्हें काट दूं...अब तेरे सारे रास्ते बन्द हो चुके हैं। तुझे यहीं रहना है और उस तरह रहना है, जिस तरह घरु औरत रहती है...

[चुप्पी]

मुकुन्दराव : क्या सोच रही है तू...?

रत्ना : कुछ नईं!

मुकुन्दराव : अच्छा है, अब तू सिर्फ ये सोच कि यहां किस तरह रहना है। मैं नहीं चाहता कि तुझे तकलीफ हो। आराम से रह। तेरे पास घर है, इज्जत है, मान-सम्मान है, खाने-पीने का आराम है...मस्ती से रह...! पर कभी यहां से उड़ने की बात सोचना भी नहीं।

[रत्ना निराश स्थिति में शांत रहकर सुने जा रही है।]

मुकुन्द : तेरी आई के भी बहुत पर निकले—पर अब उसे हमेशा याद रखना होगा कि अब मुकुन्दराव सिर्फ पटेल नहीं, इलाके का राजा है...मेरे हाथ बहुत लम्बे हैं!

[रत्ना ने गहरी सांस ली।]

मुकुन्द : मेरा खयाल है कि अब तू सब कुछ समझ चुकी होगी... वैसे भी तमाशे से आई औरत है तू—औरों से ज्यादा ही समझदार है!

[मुकुन्दराव जाता है। निश्चिन्त और आरामिया चाल में। एक क्षण रत्ना सोचती रहती है। फिर उतनी ही निश्चिन्त

और आरामिया चाल में अटैची उठाकर दूसरे दरवाजे से बाहर निकल जाती है।]

दृश्य : तेंतालीस

[नित्य चल रहा है। तमाशा। कावेरी परदे के पीछे से झांक रही है। खुश है।
साजिन्दे साज बजा रहे हैं।
रचना उत्तेजित करनेवाली अदाएं दर्शकों पर उछाल रही है।]

□□